四十二張手帖

年輕人寫世界

胡燕青、麥樹堅及42位年輕寫作人

四十二張手帖——年輕人寫世界
作者／胡燕青、麥樹堅及42位年輕寫作人
總編輯／黃幗坤
文稿審訂／劉善茗、史曉晴
美術設計／何雋
出版發行／突破出版社
香港沙田亞公角山路33號突破青年村
電話：2632 0000　傳真：2632 0388
電郵：breakthrough@breakthrough.org.hk
網址：http://www.breakthrough.org.hk
http://www.btproduct.com
承印／陽光印刷製本廠
2013年12月初版1刷
2015年1月初版2刷

42 Young Writers Posts
by Wu Yin Ching, Mak Shu Kin & 42 Young Writers
First Printing, First Edition, December 2013
Second Printing, First Edition, January 2015

Printed in Hong Kong
ISBN 978-988-8246-04-5

誠邀閣下就突破出版社的書籍發表意見
歡迎加入突破書籍 Facebook page — http://www.facebook.com/btbooks.page
本書採用環保油墨印刷

成長文學

第一輯：邊緣的生存

第二輯：隱迷的親心

目錄

第三輯：晃蕩的一代

第四輯：浮動的世情

胡燕青讀評：邊緣不鋒利，但讓人痛

第一輯

邊緣的生存

邊緣不鋒利，但讓人痛

胡燕青

這一輯收錄的十篇作品，寫的都是活在大城市邊緣的人。余龍傑的〈足球老將〉記錄了熱愛踢球的失業漢可悲的大半生；張曉恩的〈山丘〉寫垃圾山上找食物的窮孩子；陳柏榮的〈老油條〉中的蓮姐是使人生厭的酒樓女部長——對這些勉強得到飽足的人來說，無論有工作沒工作，生活總是那麼艱難、那麼髒亂、那麼需要支援。黃安政的〈秀慧〉含蓄地表達了今日女性在所謂「幸福」的環境裏其實還是活得非常局促；而吳嘉羚的〈單程路〉則點出政客和政府以外真正的原住民有口難言的卑微無助。板間房內，陳子恩的〈牆〉裏面跛了的租客靠妻女生活是一種嘲諷。不同的處境，相同的悲哀——人生的無力感一直在擴張，話語權總向核心的強者傾斜。陳麗珍〈斷層〉裏的新移民正努力適應香港這個一直排斥他們的社羣，而在胡蕙蘭筆下的〈赤柱飯堂〉，則成了各種罪犯、精神病患和擁有怪癖的人相濡以沫的最後棲身處；同樣，幾位老人流落於生命的最後一程，都無法不與寂寞為伍，因為陪伴他們的只有陳嘉豪以三首詩來表達的微小注目。如果注目是關懷的先決條件，李日康的〈名字〉告訴我們，即使是唐氏綜合症患者也有標誌身分的名字，也該得到合理的「看」、「待」、關懷和尊重。這裏的每一個作品都值得我們細細閱讀。

文章	頁數	讀評
足球老將 余龍傑	20	余龍傑以街道球場上小孩的視點，描述了「叔叔」逐步喪失他剩餘尊嚴的過程。叔叔是個「量地官」。在香港，「量地官」乃失業漢之謂，人用此詞嘲笑他們無事可做，以踱步來「量地」。余龍傑沒揭露他貧窮和失業的原因，只描述了他一條腫脹的腿，表達出叔叔對足球的迷戀與遺憾，也突出了他的寒酸。「無得入」是叔叔的口頭禪，可見他對「守龍」的熱愛。後來他「韌帶扭斷了」，本來已經不好的腿毀掉了。失去了足球，叔叔連人生中最後的喜樂也沒有了。他變成了「瘋子」，連「我」都認不出來。余龍傑的筆鋒含蓄但細膩：「（他）身上穿着軍綠色大衣和霉得有點透明的汗衫，像被漆油噴上些白斑點的墨綠色長褲⋯⋯綠色做衣服最方便了，不似白色般易髒，不似黑色般惹塵，媽媽是這樣說的。」這段文字的最後幾句，可謂深沉有力。白色易髒，黑色惹塵，說明生在世上，人最忌「顯眼」。媽媽保護孩子，說穿綠色好，那就不為人注意了。但是，叔叔竟然就這樣一身的綠，消失於人海。「我」為了證明那眼熟的「瘋子」確實是叔叔，就在他身邊故意說了句「無得入」來試探他，然後，「我看見他停了一下，他是停了一下才向前走的。」這個卑微的人活在不斷失去過程中 —— 失去健康，失

文章	頁數	讀評
		去職業，失去心愛的足球，失去自己。是的，白色易髒，黑色惹塵，這竟然正是解說消失的哲學。這是一篇動人的小說，很難相信，作者仍那麼年輕。
山丘 張曉恩	32	張曉恩的〈山丘〉揭示的是另一種邊緣的生存。當城市孩子浴後香氣四溢的身體坐落在電視機前媽媽的懷裏，垃圾山的貧窮不外是電視機關上時「連綿的刺腳殘象」，城市孩子到底有沒有為自己的豐富感恩？那邊，垃圾山上的小孩，卻以垃圾為食物、為玩具、為生命的一切。一罐汽水，對城市小孩來說，不過平常的飲品，對山上孩子，卻是莫大的恩典：「撿起那冰凍的汽水罐／搖晃／為的是／二氧化碳撞擊瓶身後一股腦兒衝出來／或哀求黏在瓶底的點滴順勢流下……睫毛強塞進了罐口／偵察／有沒有滑動的糖分／有沒有珍寶」。作品的最後兩句更有震撼人心的力量：「明天起來／新的小山丘又成形」。即使在睡覺的時候，城市的浪費依舊在進行，非常可怕。這首詩，正是一個城市孩子長大後的反省。
老油條 陳柏榮	34	陳柏榮的〈老油條〉也是一次「深刻」的反省，但反省的過程同時也是一回任性的發洩。

文章	頁數	讀評
		這篇短文取笑的又豈止是一位笨拙而熟練、不懂變通卻又江湖味甚濃的酒樓部長呢？文中的「蓮姐」，可以是一個推銷員，一個保險經紀，一個職位高得要「背黑鑊」的官，或任何一個人，甚至我們自己。更值得一提的是作品的人物描寫。許多「蓮姐」一身黑色套裝，腳上變了形的半跟平價皮鞋臉熟得緊。她明知道酒樓上菜的速度慢得驚人，但仍以多次的「演講」來保證一個「煲仔飯」的「成交」。她視野小，但勝在韌力夠強。作者把這個不知該叫做優點還是缺點的特點描述得淋漓盡致，筆調幽默，城市小人物的偉大使命固然使人啼笑皆非，世界充滿平庸人物的事實更使人手足無措。
秀慧 黃安政	37	黃安政的〈秀慧〉須要更小心去理解。只有這樣，我們才看得見在「平機會」監察之下的香港是否已經踏上了人人平等的康莊大道。這篇小說的細膩敘述使我吃驚。我很難相信大學二年級的女孩會對已婚女性的處境有這樣真切的體會。故事的主人公「秀慧」，因為不是男的，一度叫祖父生氣，直到相士說她命格好，直到她的兩個弟弟因為她的「福氣」而出生。何謂好的命格？那就是帶來弟弟、旺夫益子，原來女性的價值，端在於她對男性有多少「貢

文章	頁數	讀評
		獻」。秀外慧中，巧手溫柔的秀慧，大學畢業就結婚了。嫁人之後，人人羨慕的秀慧除了懷孕生子，再無所作為。她惟一能夠實踐自我的地方，就是為夫家摺疊祭祖時用的紙元寶，結果，她患上了強迫症，在家人都入睡之後仍不斷地摺疊着，好像只有這樣，她才是個真正有用的人。「大材小用」這表面的主題背後，是女性在人生邊緣上的抑鬱和困囿。「如果說秀慧的命生得好，那她的女兒的命將更為人所欽羨。如果可以的話，秀慧不希望女兒的命比自己的好，還是不要太好了，不要太好。於是她孜孜不倦地摺着『金元寶』，填滿了一個又一個附薦袋，心裏祈求着：不要太好。窗外滿天星斗，沒有插上電源卻閃閃發亮。」最後一句，力度極強。女性，和男性一樣，其實也能夠自己發亮，何須男性來扮演電源？黃安政的這個短篇，是不可多得的好小說。
單程路 吳嘉羚	42	吳嘉羚的新詩〈單程路〉也是視點獨特的作品，寫的是當年部分市民「反高鐵」運動中保育菜園村的事件。作者的取材很特別。她並沒有像一般反高鐵的人一樣，用煽情的言辭或圖像去痛罵誰不對、誰無良，反倒含蓄地描述了

文章	頁數	讀評
		菜園村真正原住民（喜斑粉蝶、白腹隼、老農婦、老伯伯）的期望和感受。即使「米高峰疾呼的保育抗爭」，也不是他們最渴待的。早就給遺忘了的農村，因為有人反對高鐵於此穿過，才忽然又有了名氣，連老農婦一直期待卻從不出現的子子孫孫都來了：「等一天他們來／遊覽／四代二十五人／一個原居民／二十四位遊客」。從容幾筆，就把政治鬭爭中忙着「抽水」的各個單位都諷刺透了。大自然是徹頭徹尾的被動角色，而詩中的兩位老人家，又何曾有過發言權？最後，「不知誰開出一條單程路／一輛推土車往前行駛」是堅定的提醒，更是對真正的原住民的慈和與關愛。雖然我並不是個篤定的反高鐵論者，但這首詩帶給我的感情衝擊，比所有口號都來得深刻。
牆 陳子恩	44	陳子恩的〈牆〉質感超卓，把一個失業中年男人屈居於板間房內的歲月寫得活靈活現。擁擠的羣居生活，叫人患上肉體和精神上的空間缺乏症，人心因此變得僵硬而不友善。貧窮和飢餓的襲擊，尊嚴和希望的瓦解，日子的難過，失眠的折磨，陳子恩都寫得很仔細，好像她是那個板間房單位的其中一個老住戶。她的筆觸

文章	頁數	讀評
		已經很成熟，可以為任何人造像，也可以從中挑出他們的特點來書寫。妻女的包容與嫌棄，鄰居的和氣與鄙視，巧妙地混和在一起，使這個人的生存變得合理而荒謬。子恩使我們不得不思考人生存的目的和渴望。故事的結局是一個小小的高潮——偷即食麵而給一個孩子撞破，這人連最後的自尊也丟失了。他只是邊緣上最邊緣的存活物，但他的疼痛卻重重內聚於個人的臟腑。那痛苦是個黑洞，無論你怎樣掙扎都難以逃脫。
斷層 陳麗珍	48	陳麗珍的〈斷層〉文字精準優美，這是麗珍的特色。但潔麗而典雅的語言並不是這首詩惟一的優點。她的視野充滿溫厚的同理心，人物清晰，但背景刻意模糊，焦點因而很突出：「陌生撕裂彎曲的街道／人，隨水中漂流的花瓣／滑入新舊交替的建築之間」——她寫的是流落於橫街窄巷的新移民。他們舉頭就看見全球最先進的摩天大樓，玻璃幕牆反射着本來已不很藍的天空，造成繁榮繁華的錯覺。但是，這些他們都無法分享，他們還必須在窄縫中養活自己，在母語和粵語之間追求表達的自由。「裂縫裏，他們蹲在地上響聲講話／忐忑的黑色街角／

文章	頁數	讀評
		蔬菜氧化的腥臊劃過被歲月凋零的皺摺……尖刻的四個聲調，歪斜的語音／是夜半的犬，狂吠／虹彩漂泊於這樣一個星光冥暗的裂口……然後，響聲和成斜曲的九個聲符」這是多麼動人的描寫啊。最後，他們終於落地生根了。但這種根，並沒有受到市民的歡迎，也無法落在肥沃的泥土裏。他們「將沿着冷硬沙啞的骨肉／落在冷而白的柚木裂口／生根」。回不了頭的新移民，成不了核心的他者，就只能寄望新一代帶來新的希望。
赤柱飯堂 胡蕙蘭	50	胡蕙蘭的〈赤柱飯堂〉，名稱來自同名的本土格鬥料理漫畫——就是充滿肌肉和拳頭的那種。不過，它和用上此名的這篇小說卻是兩回事。在這個小說裏，「赤柱飯堂的確實位置實在難以說明，大概是位於巴西里約熱內盧東南方，一個四野無人的郊區。」「飯堂性質奇特，可以同時作為餐廳、青年旅舍、安老院、罪犯庇護所、精神病院，總之來者不拒，前提是你要夠膽走進去。至於地權是否合法，看來也是一個謎。」懸念突出，使人追着看下去。故事中的名字很熟悉，部分和漫畫相同，卻跳出了漫畫的框架，甚至和漫畫相反。蕙蘭的故事中

文章	頁數	讀評
		盡是厭倦了戰爭或格鬬的人物。這地方是容納罪犯的，卻不是罪的沃土，因為在此人與人之間有着無法名狀的感情。這些人或有怪癖，或身懷絕技，或具天生的領導才能，都在這裏渴待重生。故事中的曹因為誤會拉夫殺了一個小男孩，把他的鼻子打壞了。後來，他發現自己打錯了人，「終其一生背負着陰影，只因他一審定案。」原來在這裏，最大的錯不是之前的罪孽，而是不相信朋友、不相信人有善良的可能。最後二段，題旨明晰：「是夜，溪邊。雷指着溪水說：『你知道嗎？有一種蜻蜓叫帝皇蜻蜓，它的幼體叫若蟲，本來活在水中，靠吃蝌蚪維生，也不起眼，直到一天，牠的某組基因會忽然活化，厭倦在水中生活，經過數小時的蛻變儀式，會爬到樹上，一晚間由水中飛到天上。我想人也應該有這個經歷。』然後天空下起連繫到天國的雨，他們齊聲讚歎說：『赤柱飯堂萬歲！』」辜勿論作者是否因為好朋友圈子之間的誤會和損失而生發寫這個小說的願望，我覺得小說本身提升得很好。她的幽默和奇特的拉丁品味，總使我覺得有趣。
詩三首 陳嘉豪	56	陳嘉豪是四年制一年級的學生，也是當時班上最小的同學之一，只有十七歲。但是，這三首

文章　　　　頁數　讀評

寫老人家的作品，可謂惹笑而深沉、機智而靈動。嘉豪對老人家的觀察竟然精細如此，讓我感到慚愧。第一首裏面的陳婆婆已經患上了腦退化症，給留在老人中心，兒女離開，只供應她的生活，但一切不應得到原諒的對待，她早已忘記。最後作者寫她坐在晃蕩的藤椅子上，伸出小腿打鞦韆，如同孩子，中心的護士來叫她去洗澡，同樣把她看作小女孩。陳婆婆的影像引發我們心裏的哀傷，不因為她自怨自艾，卻因為她全部記不起，根本就不再能夠難過——在寫作上，這是尊重讀者的手法，我很喜歡。第二首寫的是派發傳單的老人。「你在細問，炎夏該不該下雨？」這一行詩使人心酸。夏天的旺角人潮湧湧，絲毫無風，實在非常熱，下雨了也許會涼快一點，但如此一來，行人不免狼狽，誰還有工夫來拿這些傳單呢？這一問，把老人無法抵受的工作環境寫得玲瓏剔透。「薪水失去音符跳躍的節奏，五線譜上拖行……泛紅的傳單上菜價也走得太遠了」。我們懂得一張傳單和一個老人的價值嗎？作者要我們思考的是老人為何還須用工作來養活自己的問題。對我來說，第三首觸發我的共鳴最深。退休老師清晨起牀沐浴：「另有五分鐘沖涼，白浴帽依舊／罩住及頸的染黑的頭」——淋浴猶如一種

文章	頁數	讀評
		儀式，為的是能精神飽滿地教育孩子。白色的浴帽和染黑的頭髮，充分表現出作者對寫作素材的敏感，選材鮮明而到點。嘉豪懂得怎樣使人憂傷，也懂得如何讓人發噱：「『東施效頻、型型狗狗、越左代刨』 / 部分設計還靠收掩笑聲完成 / 三人行的下一句 / 不好再寫成『一人免費』/ 上下其手是作弊」三言兩語把當代孩子的低落語文水平和老師的認真工作態度寫活了。
名字 李日康	60	〈名字〉是個動人的小說。故事中的「我」被設計成一個疏離的觀察者。他和其他人一樣，雖然有禮貌但無法真正地尊重弱智人士。反之，故事中的「韓」則不一樣。她對待唐氏綜合症的大、小「孩子」如同對待自己。另一些在院舍工作的人早已經麻木，但韓卻繼續付出，繼續把他們看作朋友。作品最大的優勢，是作者能夠輕鬆地按捺個人的語調，含蓄地把觀點表達出來。對大學生來說，在寫作時精準地調控感情已經很不容易，更遑論處理觀點了。但是李日康運用意象的手法上相當自如：「韓的電話接不上，而院舍肯定是位於屋邨裏頭的，不如去找地圖！房署的屋邨會有地圖！當我走到一塊大鐵牌面前，上面刻上橫擺前豎的、各種鐵的幾何，一切都用上符號代替名字，而擱

文章	頁數	讀評
		淺在一旁的圖示，卻因為時間的關係，鏽蝕掉了。如是者，只好圍着一幢又一幢看上去除名字以外就沒有分別的建築物，不住的打轉，不住的探問。抽煙的阿叔、校服的少女們，都不知道我要找的地方。天底好像有雨，也好像沒有雨，有人要打傘，有人不須要打傘。就在我懵懂地胡亂跌撞的時候，韓已經扶着腰肢，蒼白地從避雨走廊的另一端走來了。」這一段寫尋找院舍的過程，看似情節，實則既是情節也是意象。最終，韓成了「懵懂地胡亂跌撞」的「我」的領航者，「我」才有能力走進了唐氏綜合症大、小朋友的世界。要愛他們，首先要把他們當個人來看，名字，標識着身分。我們必須讓名字和身分歸位，真正的相處才可以開始。然後，我們還必須像韓一樣，願意遭受傷害，才能開始付出，開始服事他人。大學生很少能夠掌握這微妙的分別，在自省中寫作，又在寫作中繼續自省。這個小說很有味道，不可錯過。

我把這十個作品合成〈邊緣的生存〉一輯，用心再明確不過；問題是身為讀者也是「人物」的我們是否願意從核心走出來，把他們也邀請到核心裏來。

足球老將*

余龍傑

「無得入！」叔叔大喝一聲，大佬便射歪了，足球彷彿被叔叔的叱喝嚇怕，抓緊地面頭也不回地打龍門柱邊滾出白界線，碰到場的圍欄然後彈起。

叔叔撿起足球，指着我道：「你的技術較好，你來射！」他把球拋給我，球慢慢地一下一下地彈到我的腳前，我把球踩在十二碼點，模仿足球明星小羅雙腳叉得很開地站着，叔叔在龍門前認真地緊盯着我，他的雙腳腫得很，自膝蓋一直腫至腿肚，他穿的那雙灰白布鞋彷彿快要被腳掌逼破。他的腿上好像有些藍色的小毛蟲在稀疏的腳毛下伸懶腰。腳骨好像生歪了，或是被肥重的身軀壓得往外靠。他雙手作好準備隨時飛撲，身體遮住了半個龍門。這個球場的龍門太小了，要把球射進去的確有點難度。

「快放馬過來，你，無得入！」叔叔大喝道。

我咬一咬牙，「好！」起腳一射，僅僅用了一成功力，皮球緊貼地面從叔叔的胯下鑽入龍門。他竟然沒有半點反應。我得意地望着大佬一笑，說：「我有得入啊！」

「你的射球什麼時候變得如此厲害？」大佬湊過來問。

「哼！向來都是這般厲害的，你沒留意罷了。」

「不，你真的比以前厲害了。」大佬叉着腰說。

叔叔把球拋過來，球未停定我便起腳射去。

「無得入！」叔叔大喝着然後雙腳一夾，恰恰把來球牢牢夾住。兩隻腳合起來是O形的，但仍恰恰把足球夾住，這個形狀正正是一隻豎起來的眼睛，看得我傻了眼。

「無得入！哈哈！」他得意地大叫大笑大跳。我真的鬪他不過，老人家怎會是這個樣子的？這時我才看清楚他的臉有點像秦煌，細眉細眼的，笑起來眼睛瞇着，活像個笑面佛。只是秦煌比他胖得多，而笑面佛則比秦煌白得多。而他穿着那件灰白汗衫，霉霉爛爛的，緊緊罩着他的肚腩，隨着他的跳躍而晃動。他那條深藍色短褲不知是什麼短褲，像被太陽灼傷了，長滿白斑。這個季節配這身裝束，也不怕冷的。

叔叔把球拋過來，我把那旋轉的球踩定，後退幾步，細細調整射門的角度，瞄準門柱內側的死角，學着叔叔大叫：「我來了！」叔叔也叫道：「無得入！」我的手提電話突然響了。暫且不理它，射了再算。

「喂？大場？好，我過來。」我掛上電話後，看見叔叔蹲坐地上。他大概想截住我的射門卻失敗了，一臉沮喪，笑面佛成了苦面佛。他連沮喪的樣子也像極小孩子，撅着嘴。皮球兀自在網窩裏旋轉。當然了，我瞄準死角來射，他一定救不了。只見大佬不屑地說：「嘖，站這麼近射，一定入。」他依舊叉着他那瘦削的腰。

我走過去伸手扶起他，叔叔也把手遞給我。「嘩！你怎地這麼重，哎喲！」我失了平衡，向前一跌。叔叔便拍着手大笑起來。我真搞不清他真的那麼重，還是有心作弄我。我無奈笑了。

「不跟你玩了，我的朋友叫我到大場去，這兒的龍門太小了，不好玩。你來不來？」說着我把皮球抱入懷裏準備離開。

「再來！無得入！」他一下子彈起，好像沒聽見我說話。

「我說，我要到大場去，你跟不跟我去？」我特意大聲地說。

「我的腳不好，你看，這麼腫。如果你射死角，我一定救不了。」他說來有點悽愴。我以為他說「我的腳不好，你看，這麼腫，我不去了」，豈料他仍然沒聽見我說什麼。

「我要去大場，你去不？」我不厭其煩地又重複一遍。

大佬瞧見了暗笑。我轉過頭對叔叔說：「收拾東西吧！我們要走了，別忘了把打氣筒帶上，還有你的棉大衣。」

叔叔不理我們自個兒走開了，他的身子雖然離開了球場，但他的影子拉得長長的，仍留在龍門裏。

「早帶上了！」他一邊穿起棉大衣一邊提着打氣筒一邊跟着我走。

我回頭望叔叔，他已回到球場旁的涼亭中，那兒還有許多老人家閒坐着。他們看見叔叔回來便指着他不知說了些什麼，我猜他們都是喜歡大叫的豪放派。

「看什麼？」大佬問。

「沒事。」

剛才踢球的那個地方叫做車公廟。新年的時候總是擠滿人，新年過後卻冷冷清清的，只有那些老人家坐在廟門外的涼亭裏聊天，間或看見一些麻煩的老婆婆提着一大袋香向路人兜售。我們這幫小伙子會趁假日到這裏的小球場踢球，不過這兒的龍門太小了，總叫人踢得不暢快，而且場邊上坐着的老人家很多，一不小心把球踢出界外，隨時會擊倒好幾副老骨頭，很危險。加上我的朋友都不喜歡射這種小龍門，所以他們都選擇到大球場去。我只有在無聊的時候才會過來踢兩下子，有時會遇着些不曾見過面的人在對面的龍門玩，我就邀他們一起踢。踢完以後，常忘記他們長了個什麼樣子。

可是我永遠不會忘記叔叔的樣子。他也是個無聊人，也是被我邀過來踢球的。我讀小學時已經認識他了。那時的叔叔比現在瘦得多，頭髮還是黑色的，而且還很濃密，他總不穿鞋子，赤着一雙大腳就興沖沖地過來踢球。和現在相同的是他始終穿着那件白色汗衫和那條不知是什麼短褲的短褲，不過那時它比現在的潔淨得多了。

那時，我幾乎每次進入球場都會看見叔叔坐在場邊抽煙，他總是一隻腳平放着，一隻腳半提起的像一座小山峰，夾着煙的手就搭在山峰頂成了一條噴煙的黑龍。他一見我進來便把我懷中的足球搶去放在中場玩遠射，力度比現在的我強得多了。他總不愛説話，我們這班小伙子都有點怕他，可又不好意思不叫他一起踢。

叔叔是踢前鋒的，如果被他起腳射門，守門員可就慘了，準會被他射得捧着肚子叫不出聲。只是他總是在前場等候別人傳球給他，自己並不會主動去搶球，隊友不傳球給他而又丟了球的話，他就會暗裏説句髒話。所以他射門的機會其實很少，起腳時又不是每次都能射中龍門，守門員只是乾害怕而不會真的被射痛。

我總是覺得叔叔在球場上沒什麼作為，大佬聽見了卻説：「我覺得他為我們製造了不少麻煩，他威脅到我們呢！」

可是他的射門始終不能命中目標。

我們總好奇為什麼叔叔如此空閒，他不用上班嗎？一次我大着膽子去問他：「叔叔，你是做什麼工的？」

他抽了一口煙，煙尾噴出黃色的光，口中緩緩吐出一團氣，然後把夾着煙的手放下來，煙灰滴到坑渠邊。「量地官。」他的確有點像街頭霸王裏面那個會噴火的印度僧。

「做官的啊！真厲害！」旁邊的人附和着。

他笑了一下，又抽了口煙。我們覺得他十分崇高似的。

「量地官是做什麼的？」有個小伙子問道。

「唔……很多事要做呢……怎跟你們說……例如……例如數數走一轉球場要多少步。」這應該是他說過的最長的句子了。

「怪不得你常常到這兒來了。」我道。

旁人哈哈大笑，又有個人道：「數來有什麼用？」

「有什麼用？官是最沒用的。你不知道的了。」說着說着，叔叔的煙已燒到盡頭。

叔叔在球場上有個球技非常了得的拍檔叫做「教主」，他幾乎任何時候都在跑，無論是進入球場還是離開球場。整個世界只有教主會傳球給叔叔。教主傳得妙，叔叔射得差，然後他會自言自語地說：「唉，沒法子，沒穿鞋子。」

我問他：「為什麼不穿鞋子呢？」

他立刻轉過頭來瞪我：「哪有量地官穿鞋子的？」然後又抽一口煙，煙灰滴在球場上。

我總害怕那些煙灰，滴在地上時仍冒着黃光，像打鐵工磨鐵時爆出的火花，媽媽總叫我別看那些火花，看了會傷眼睛的。「不穿鞋子不怕受傷嗎？」

「量地官的腳皮很厚，不怕！」說完他便緩緩跑開，等教主再傳球給他。

我轉眼去尋那些煙灰，都尋不着了，或許黃光已經褪下，融化為球場一樣的灰白。

球場上還有一些黑色的小斑點，起初我疑心這是死人的記號。人在那兒死了，血就凝固成那些黑斑留在世上。後來我疑心那是叔叔的煙灰所變。再後來我才知道那是口香糖漬。為什麼我知道呢？因為老師曾問我們誰吃過口香糖，我搶着舉手，老師便罵我這種吃口香糖的人沒公德心，吃完以後把糖吐在地上就成了那些黑斑。其實我並沒有吃過口香糖，我只是充的。

叔叔踢球時就喜歡踩在那些黑斑上，彷彿這是入球的祈禱儀式。這種步法令我想到球場外的那堆小朋友，他們不知道跳飛機是什麼，但卻會跟着遊樂場上的膠墊一格一格地跳。叔叔沒球踢的時候就會像貓頭鷹般呆呆地看着他們。

⁂

一次，叔叔準備射門時，冷不防身旁有人一撞，把他腳下的球撞走，他右腳一射，踢了空氣，左腳一扭，重重摔在地上，登時斷了。別的人只道這是平常小事，開了龍門球便繼續球賽，過了半晌，見他仍未起來，又連連喊痛，便圍了過來，看見他的左腳扭歪了，紛紛議論道：

「你看，他的腳扭歪了。」

「是啊，這兒凹下去了。」

叔叔想站起來，證明自己沒事，然而左腳麻痺了，不受控制地僵硬，曲不起來，也站不起來。

「你別動啊！」旁人都說。

良久，才有人說：「叫救護車吧！」眾人都你推我讓，紛紛說：「你打電話吧。」

有人叉着腰緩緩走開，心裏納悶，抱起球來拍了兩下，走到另一個半場去射門。

人羣散開了，陽光照在他的臉上，叔叔本來黝黑的臉龐顯得有點白，他閉起雙眼，感受地面的熱力，有點熬不住，便用手枕着頭。我見了這樣，便站在他前面遮住太陽，但自己也受不住熱力，站了一會便放棄了。起初，陽光像一隻溫暖的手輕撫他，過了一會，便像腐液一樣，使他感到刺痛，他說皮膚像被撕了下來似的。

等了良久，救護車仍不來。有人問那叫救護車的小孩是怎麼說的。

那小孩說：「我說有人扭傷了。」

旁人都說：「哈！怪不得，你這樣說，救護車不會來的了。」

那小孩說：「但他確是扭傷了嘛。」

大約過了半小時，救護車便來接走了他，眾人依舊踢他們的球，好像什麼事都沒發生過，猛烈的陽光照下來，沒有陰影，沒有後遺。

可憐叔叔，最後是我陪着他到醫院。

「韌帶扭斷了，要動手術。」醫生說。

「以後還能踢球嗎？」叔叔問。只有踢球的時候，他才找到自己的位置。

「別想那麼多了。」醫生簡而精地說。

⁂

除了球場外，在其他地方絕不會碰到叔叔的，那一次是例外。我放學回家經過一所銀行，遠遠瞧見馬路對面一個瘦黑的人穿着汗衫短褲叼着煙半跑半走過來，這人不是叔叔是誰。我高舉着手打招呼，他應了我一下，然後跑過馬路。說時遲那時快，一輛車衝了過來，嚇得叔叔的煙灰不住地滴。他整個人像個沒有動力的發條，已經去到盡頭，又如學校小息完結時的鐘聲，同學都如鎖在一幀照片裏動也不動。

幸而那輛車剛好停在叔叔面前，我立即問他：「你沒事吧？」

他深深地搖了搖頭，然後跑入了銀行，好像什麼事都沒發生過。他的跑姿，一拐一拐的，像舞蹈一樣緩急有致。

回家路上，我一直埋怨自己。如果我不跟他打招呼，他便不會跑過來、不會險些丟了命。

回到家，看見爸爸大剌剌地坐在廳裏抽煙。這個時候他本該在上班的。我很是高興，因為爸爸的早歸意味着晚上我們一家人將會外出吃晚餐。後來我從媽媽口中得知一個當時頗為熱門的詞語「裁員」，她還叫我努力讀書，叫我別再到球場玩，那兒有很多「癮君子」和「道友」。那時我聽着，覺得君子像個鋼叉，道友像碗甜湯，君子和道友就像叔叔和教主，他們有什麼不好呢？為什麼媽媽總叫我別跟他們玩？

⁂

那已是十幾年前的事了。至今我還不明白為什麼要用儒家和道家的名詞形容吸毒者。爸爸老是提着九七那一疫，彷彿九七是他的噩運號碼。

九七之後有個零三，零三之後有個零八，零八之後我沒有見過叔叔，可能因為他的腳有毛病吧，我只知道他胖了很多。

有次在車公廟旁的行人隧道裏，我遇見教主和一個我不認識的人在一起。那人是個瘋子，他的面孔像個鳥巢，眼睛是鳥蛋，鼻子是小鳥，其他地方都被灰白夾雜鬍子所蓋。頭上包了個啡色的頭巾，身上穿着軍綠色大衣和霉得有點透明的汗衫，像被漆油噴上些白斑點的墨綠色長褲，腳上穿那種只是快要進棺材的老人家才用的綠色膠拖鞋。綠色做衣服最方便了，不似白色般易髒，不似黑色般惹塵，媽媽是這樣説的。那瘋子像個剛從火星回來的退役軍官，混身無力而且風塵僕僕，一步一步地走得很慢，好像每走一步都在數什麼，口裏吁吁地噴着氣。

教主傍着他走，很大聲地不知跟他説些什麼。我高舉着手跟他打招呼，他好像認不出我，逕自從我身邊走過。畢竟，我們好久都沒一起踢球了。

我經常都在那條行人隧道裏碰到那個「瘋子」，每次見他，他的鬍子都長了一點。他是不是知道我在什麼時候會來這兒，特意來碰我呢？我乾脆跟蹤他，經過城門河畔的工廠區然後來到天橋底下，這種地方正正適合他住。我看見他不住的搓報紙然後往衣裏塞，過不多久一羣人圍了過來不住地毆打他，他的拖鞋還向我這邊飛過來呢！我害怕了，拔腿就跑，背後好像有人喊：「別跑！」我跑得更快了。

過幾天我又在隧道裏見到他和教主一起走，他走得更慢了，一雙枴杖成了他的負累，就像蜈蚣，雖有百足卻比沒有腿的蛇走得慢。他看到我之後，叼在口裏的煙不小心丟了下來，他望着那支煙，原本煙尾還冒出黃色的火光，後來漸漸融成和地板一樣的灰。幾縷薄煙在空中扭着身子在掙扎，像一隻肚子破了的蟲。他用枴仗揉了揉它，又在我身邊走過。他們走過我身邊的一剎那，我被冰住了，那是一塊外表不住在冒水的冰。

又有一次，我在車公廟獨個兒射龍門的時候，皮球碰到龍門柱反彈出來滾到場外撞到一個人的腳上，原來是那個瘋子，他一隻手拄着枴仗，另一隻手拄着傘，鬍子刮得齊齊整整的像個蛋糕。他微一遲疑，然後不理足球，繼續向前走。

我說：「無得入？」我看見他停了一下，他是停了一下才向前走的。

*〈足球老將〉獲2009-2010年度「徐訏文學獎」，曾收入《T城——徐訏文學獎作品選集》（出版社：天地圖書有限公司；出版年份：2011）

山丘

張曉恩

撿起那冰凍的汽水罐
搖晃　為的是
　　二氧化碳撞擊瓶身後一股腦兒衝出來
或哀求黏在瓶底的點滴順勢流下
換來早晨的一口甜美
睫毛強塞進了罐口　偵察
有沒有滑動的糖分
有沒有珍寶　隱隱發亮

　　襯衫被熱板壓着下陷
罐子被小腳燙着　卻奮力抵擋
　　這邊廂穿過袖口
那邊廂丟落在零碎之中
激起了叮咚浪花
　　小口嘴巴抱怨睡得還未夠

將一個早上的汗水
交給磚瓦下乘涼的爸爸和媽媽
在藍白帆布羣中　和小伙伴追逐自由
刺腳的小山丘　任由起繭的足踝塑形

將尖銳打成圓角
踩走濕悶　隨手撕起一片小丘把玩
歡欣與笑臉不是假裝
正如住井底的蛙朋友滿足於
蓋掩大小的一片天
卻有聲音絮絮嚷着
　　給我愛瘋

泥濘小塊與酸臭味拌勻
塗抹在乾巴巴的黝黑皮膚上
是本來的色澤嗎？
　　勞煩媽媽把強生擠到海綿上　往脂肪上擦
原來可更白裏透紅
還需要到漂白嗎？
只是果醬吐司放太久　會引來蒼蠅垂涎

深夜的催促　關電視啦
只剩下連綿的刺腳殘象
爽快丟掉
那早被甩乾的汽水罐
芳香的氣味從浴室牽進睡房
道聲晚安
明天起來
新的小山丘又成形

老油條

陳柏榮

在我們傳神、豐富而又「啜核」的廣府話中，有一個俗名或諢號：「老油條」，用它來形容一些「就業人士」，真是妙到毫顛。一根油條放久了，不復剛炸起時的爽脆剛直，愈來愈鬆弛地賴在桌上，你去吃它固然無味，棄掉又有點可惜。也不能「換」，因為它的確是根油條。只要將這形象人性化，和那些「就業人士」有着什麼樣的共通點，就一目了然了。

我們很少想過的是，一根油條愈放愈軟不再爽脆，是共識也是常識，如果它怎麼放也還是那麼爽脆，那麼我們會欣賞它嗎？抑或只會懷疑它是一條包含有毒物質或經過化學品加工的油條呢？

我就認識這樣一個酒樓的部長，姑且叫她做蓮姐吧，因為做茶樓酒館的女工來來去去總是那幾個名字，而且她胸前的名牌上也從沒真正標示過姓名。她不像所謂的「大山婆」靠肥腫身型出來「蝦蝦霸霸」，而是瘦削矮小的，也不怎麼玲瓏浮凸，但是皮膚白晢，臉起稜角，就是長篇處境劇中那些愛恨分明的少婦角色。她總是一抹濃濃的粉藍眼影，加上做事純熟，可以肯定她在茶樓已工作了很多年。

我對中年女性並無興趣，會留意到她，是因為她老牛一般經常走音又帶點沙啞的聲線，總會時不時在茶客們的耳邊響起，她總喜歡以嚴肅的樣子和單調的身體語言，長篇大論地對客人解釋什麼，為自己開脫，讓人覺得很吵耳很心煩。

有一次事件就發生在隔鄰的桌子上，讓我可以清楚直擊其來龍去脈。客人點了煲仔飯，良久未到，三番四次催促。我和媽都已經吃完了，他們那煲還是音訊杳然。每一次他們找人來責備，都是由蓮姐應付，於是我們很清楚地聽到了她的演講。

「係，因為客人柯打落張紙度，俾我地落單，或者排次序出咗啲問題，所以有啲客遲落反而有得食先，我地會儘快幫你跟……」

「係，因為我地啲煲仔飯真係生米煲出嚟嘅，係會需要多少時間，我地已經儘快……」

客人憤而宣布要放棄這一煲飯之時，至少已經過了半句鐘，不下四次講演，題目由落單制的漏洞，侍應的疏忽到廚部的繁忙生活和慢食運動的意義，讓我和媽媽在煩厭之餘可以盡情歡笑，獲得心理上報復的滿足。蓮姐要解決事情，其實有太多簡易的方法，可以老早叫客人取消點菜，可以把屬於另一桌的菜先拿來應付這桌客人，可以把所有過失推給不露面受責的廚房，甚至可以只管道歉說不好意思來蒙混過關，不斷長篇大論的解釋，多麼愚蠢呢！

在一輪刻薄的興奮與調笑過後，我稍微思考過這個問題。故事當然可以變得更老掉牙，就是蓮姐不諉過不「卸膊」，盡最後的努力希望為老闆做成一煲飯生意的堅持，堪稱香港精神之餘，更是打工仔的模範呀……等等等等。她的確也有這些優點。但問題是她叫其他的客人感到厭煩，也無補於遲了上菜的事實。究竟我們是不齒一根油條之變老，還是在潛意識裏否認一根油條放久了總是會變老的事實呢？既然蓮姐說的都不是謊話，我們又為什麼要取笑她努力解釋而不懂變通的愚蠢？

或許蓮姐早已立志做一根奇異的油條，但她的突出仍然只落得人們的厭惡。

秀慧

黃安政

(一) 不鏽鋼片

所有認識秀慧的人都說她的命生得好。無論時代怎樣變遷，她的命途都是一眾女性同胞朝思暮想、求神拜佛、熱切期望得到的。

秀慧的丈夫姓陳，叫承業，家族是做五金生意的。五金業並不是指街頭巷尾那些賣扳手、螺絲釘和水管的小本生意，而是更具市場力度的不鏽鋼行業。

創業初期，陳承業的祖父輩從到內地的廠房監工、切割不鏽鋼片，到和客戶接洽等事事都要親力親為，趕起工來，伙計忙不過來，他的祖母和嬸婆們都要挽起衣袖，混進男人堆中，賣力地把鋒利的不鏽鋼片按客戶的要求切割成不同的形狀與大小。

到了陳承業的父輩，生意漸漸發展，在祖父和叔公們的默許下，陳承業的父親和幾個堂兄弟分了家。生意雖然分開來經營，但總還是姓陳的，當然會互助合作。在這段發展期，生意興隆，但他們還是沒有太多資本去僱用更多職員來處理文書工作、賬目管理和信件收發等繁瑣事務。於是陳承業的母親和嬸母們便又捲起袖口，做起祕書的工作來。

陳承業是陳家這一代的長子嫡孫。家族生意發展到了他這一代，一切早就上了軌道，他的責任便是守住生意。陳承業在香港有辦公室和店面；大客戶到辦公室談生意，小客戶到店面看樣辦，滿意的便下訂單，再由內地的工廠執行。他偶爾要回內地的工廠監看工作進度，但是由於有居於內地的叔叔在工廠那邊坐鎮，業務很少出問題，生意蒸蒸日上，財源滾滾來不在話下，公司的分工愈見完善。秀慧就在這個最佳的時刻嫁進了陳家。

她嫁入陳家前的二十三年中，並沒有發生過什麼特別的事情，值得說的，就是她的命好，除此之外也沒其他的了。

她是家中的長女，下面還有二個弟弟。據說當年她的母親生下她之後在婆家中受了很多閒言閒語，都因為她的祖父太渴望男孫了，總覺得媳婦頭一胎就給他添了個女娃，怎麼算都不是好事。幸好後來祖母把秀慧帶去給相熟的算命師批命，批出秀慧這一生是富貴無憂、旺夫益子，生於哪一家就為哪一家的人添福增壽。從此秀慧的祖父母就開始重視起秀慧和她母親的地位。果然，母親之後就一口氣生了兩個兒子，從此在家裏便再沒人敢小覷她了。

秀慧的命好，也在家族之間傳開了。

(二)「金銀」

秀慧一直知道陳承業娶她的原因，那也是因為她的命格生得好。

他們兩個並不是因為愛情而結合的，算起來，秀慧和承業還算是遠房親戚；承業的祖母是個極其迷信的人，知道了表親的孫女中有一位曾在小時給算命的批出旺夫益子之相，叫作秀慧，人如其名，是女性「秀外慧中」的典範。於是便在秀慧大學畢業前安排兩人見面認識，既然相看兩不厭，便早早訂了婚，趕在秀慧大學畢業完婚。

嫁入陳家，對秀慧而言就似是從一個地方挪移到另一個地方給養着，雖然稱不上錦衣玉食，也算是安穩舒適了。當然，有些義務是她必須完成的。例如為陳家繼後香燈，又例如表現得溫馴乖巧，好配合丈夫和長輩的喜好。

在各種義務中，她比較感興趣的是用雙手摺疊出一個個的紙元寶。大家族總有許多必須遵守的傳統；每年清明及重陽登高祭祖是其中之一。在這春秋二祭前數天，秀慧的婆婆便會開始組織一眾女眷於掃墓前把奉上給祖先的祭品準備好。

秀慧總願意負責準備那為數眾多的附薦袋。附薦袋是白紙綠字的紙袋，上面要寫上祖先的名字、籍貫、生辰與死忌，裏頭要備有男女衣包、「金銀」和冥錢，然後封袋，別上陰間通用的郵票和賄賂鬼差用的「金銀」各四隻，拜祭後，全部付之一炬。

她在嫁人之後才學會了預備拜祭的所有細節。「金銀」就是冥錢，最好的金銀應該用玉扣紙製成，才會顯得通透柔滑。紙的中央燙有一個金色或銀色的方格，摺疊時須把玉扣紙較滑的那邊向外，用手掐着紙的四個角落，捲成一個圓筒形，再在交疊的位置把紙兩邊同時往內推，這樣，方紙便成為一隻標準的元寶。如果是敬奉給神明的，更要把紙元寶的兩角向上屈曲，但秀慧這次要準備的是重陽節祭祖的附薦袋，所以這個步驟也就免了。

秀慧一直善於做這些要求心靈手巧的工作，中學時期，她最愛把一張張色彩繽紛的手工紙摺成百合、薔薇和風玲，還有紙鶴，只要掐着紙鶴的尾巴前後拉扯，它便會飛翔，可惜一鬆手這鳥兒便會掉到地上。

無論如何，她的才華總算沒浪費掉。秀慧是那麼迷戀這重複摺疊「金銀」的過程，以致她能分辨出每張玉扣紙的厚薄。她誠心誠意地摺疊着，沉默專注地工作着，彷彿如此便能回報命運對她的厚愛。

(三) 星星

婆婆吩咐過秀慧不要在入黑後繼續接觸元寶蠟燭這些東西，怕會招惹來浪蕩的遊魂，對於懷孕的女人而言，有更多的禁忌要注意。秀慧肚中的那塊肉可是陳家數代人期待已久的，每個人都待她如珠如玉，秀慧更有責任要好好照顧自己。

「這對每個女人而言都是容不下半點差錯的事。」婆婆常把這句話掛在唇邊。

但是秀慧惟獨這點沒聽從婆婆的教誨。在承業熟睡後，她總是悄悄爬起來，靠在窗前持續地趕工。

昏黃的街燈隔着窗花歪歪地照到室內，照到秀慧微隆的小腹上。她把手肘擱在肚皮上面，重複地把薄薄的玉扣紙摺成永恆的「金元寶」。

她將會有一個漂亮的女兒，即使婆婆和承業都說她的肚子呈尖狀，因而認定她這胎是男孩。秀慧從不反駁他們，但是她明確知道自己肚子裏的是一個女孩，這是她作為母親的預感，同時也是她的願望。認識她的人都說命運厚待她，但惟獨得到一個女兒是她衷心期望的。她的女兒白嫩的皮膚會泛起嬌豔欲滴的色澤，那是生命的顏色。她可以是活蹦亂跳的，也可以是溫柔敦厚的，她的性格怎樣對秀慧而言並沒所謂，重要的都不是這些。

如果說秀慧的命生得好，那她的女兒的命將更為人所欽羨。如果可以的話，秀慧不希望女兒的命比自己的好，還是不要太好了，不要太好。

於是她孜孜不倦地摺着「金元寶」，填滿了一個又一個附薦袋，心裏祈求着：不要太好。

窗外滿天星斗，沒有插上電源卻閃閃發亮。

單程路

吳嘉羚

步進這單程路
一隻橙白色的報喜斑粉蝶[1]飛過
右邊的灌叢間
沿左邊石江河水流向
一隻白腹隼[2]低飛　粼粼閃光
不理會米高峰疾呼的保育抗爭
用稀有身分　繼續當原居民

走進一點
兩排數目上百的龍眼樹站在河旁
一棵樹上　幾對潔白的勞工手套
老農婦説　留給子孫
等一天他們來　遊覽
四代二十五人
一個原居民　二十四位遊客

再走進一點
鐵絲網上的白底紅字　破舊的揚聲器
一間鐵皮屋下坐着一個老人

房子明顯是自己蓋的
無數風雨在這裏刻下「到此一遊」
老人一一修補

可半世紀的風雨不如一張合約
時速一百二十公里輾過
政府宣布　一宗交通意外

原居民說　不記得何時開始
不知誰開出一條單程路
一輛推土車往前行駛

註 1 菜園村內的稀有蝴蝶。
註 2 菜園村內的稀有鳥類。

牆

陳子恩

灰藍色天際劃過一道白雷，轟隆劈裂窗外那幅巨型霓虹廣告牌，嚇得屋簷下一羣鳥振翅亂飛，慌惶啼叫。他本來靠在碌架牀下層凝神讀報，聽見這巨響才猛地抬頭，驟來的雨一掃這幾天的悶氣。滴滴嗒嗒的白雨點，就像天上哪位發狂的神明正用機關槍對街道亂槍掃射。來不及摘下老花鏡，他手忙腳亂地想站起來，幸好貼着牀邊就是一個五桶櫃，再旁邊就是幾個疊在一起的雜物箱，他一手抓着拐杖，另一手便撐着這些家具借力，房間這般狹小也有它的方便之處。搖搖擺擺地到了門邊，看見陳師奶急急地衝到廚房收衫，張師奶正在走廊盡頭抱着被響雷嚇哭了的小兒子又哄又逗。聽說這房子原來是沒有走廊的，在房東拿木板把單位劃成五份之前，並沒有這樣狹長擠逼的空間。

他拖着腿乏力地走，彷彿鐵製的拐仗才是他本來的腿，而耷拉在腰下的那堆不過是鬆弛的皮與肉，除了礙事還是礙事。陳師奶抱着一大堆凌亂的衣物走過來，走廊本就容不下二人同時通過，陳師奶急了，直嚷道：「張生你不用出來啦，我幫你收衫好了。」她雖出於好意，語氣卻有點嫌棄，一番話落在他耳朵裏好像長了刺，他一手拂開陳師奶，齜牙咧嘴地指着她鼻子便罵：「我自己不會收嗎？要你來管閒事！」站在後面的張師奶嚇了一跳，慌忙抱着兒子出來打圓場：「陳太也只是好心……」然而他已聽不進去，怒氣沖沖地拖着壞腿朝廚房走，幸好他只消一彎腰就能摸到露台上的晾衣架，晾曬着的衣物都是老婆和女兒的，雖然他身上這件全是線頭的白襯衫也穿了整整一個月，不過他總覺得沒出過汗就不算髒。他把衣服夾在腋下，才回到房間關上門，陳師奶和張師奶的腳步和閒言就漸漸清晰起來。「阿伯這陣子都待在家裏呢。」「他不在家還能去哪？那條腿你是瞧得見的。」「這人脾氣也太壞，你下次就別理他了……」

雨愈下愈大，這朝西的房子更顯昏暗。他把衣服向牀上一扔，兩個師奶的對話使他吃驚，女兒才十五歲，他卻已到了阿伯的年紀。他拿起座枱式鏡子照了照頭頂，又照了照左右兩鬢，所剩無幾的頭髮都又油又白，從前他還會刻意把後邊的頭髮梳向頭頂中間的空白區，近年也懶得做了。他伸手抓了抓肚皮，往時結實的肌肉如今鬆垮垮得像波浪，一層一層地向外推。他就像個老人，渾身骨痛，又酸又臭 —— 他這麼想着，對自己的厭棄不禁又多了幾分。櫃頂的電話倏地高奏交響樂，他伸手要拿，不料重心不穩，整個人面朝下倒向五通櫃，他在制止自己之前先發出了一聲驚呼，肩膀的撞擊痛得他一陣暈眩。電話的綠燈仍是一閃一閃的，像詭異的貓妖在眨動眼睛，他輕輕說了聲「喂」，心裏期望窗外的響雷可以掩飾他的失態。

因為嗅到陣陣炒青菜的香味，他知道現在已經中午了，住在這間屋子裏的人「親密」到一種地步，連做一頓飯都沒有祕密，分隔幾個家庭的木板跟天花板之間留了四五吋空隙，所有人都可以憑着四處流竄的香氣得知鄰家的菜單，管你那天是吃人參雞煲抑或罐頭午餐肉。白色背心膠袋裏頭有兩個雞尾包，是昨晚老婆趁麵包店關門前減價時買下來的，雖然放了一整晚的麵包有點硬，但既然吃不死人就別抱怨那麼多了。哪像隔壁旺婆煩人，上次他餵她的孫子吃了一口長了黑點的麵包，她氣得幾乎拿菜刀砍人，幸而眾多租客勸止，不然就要上報紙頭條了。他咬了一大口雞尾包，甜膩的餡料一下子湧進喉頭，也許麵包真的變壞了，因為味蕾只嚐到一陣酸。

他扭開收音機，精神恍惚地收聽着節目，對他來說，電台節目的樂趣不在於其內容本身，而在分辨各個主持人的聲音。粵劇的小生花旦唱得入了神，高亢的音節徐徐飄上了樓頂，這老爺收音機毛病多多，音量不是大得震塌天花板就是小得像個掐着嗓子説話的女人。他不願便宜他人，寧願把聲音調到最小，讓收音機貼着他耳朵哼出音符。每半小時一報的新聞內容似乎沒有改變，他迷迷糊糊地想着外面的世界是否也如他的日子那般乏味時，女兒就回來了。他彷彿被雷劈中一樣整個人跳起來，至少他是這樣認為，而其實他只是挪了挪上半身。「老師打電話來，説你沒去上課……」他的責備嚴正但低聲，女兒把一大袋發泡膠盒放在桌上，坐在牀邊開始脱鞋，正眼不瞧他一下。在這有限的空間裏並沒有一個專屬女兒的角落，每次她換衣服時總得先叫他別過臉，他垂頭，眼睛盯着花碌碌的枕頭套，本來鮮豔的藍現在磨白了，幾乎看不出曾經刻在上面的那些可愛的圖案。他聽着她抱怨今天的雨有多大，客人把店子的地板踩得有多髒，等下晚上還得去打工云云。「是這個月的，」女兒把一疊鈔票在他面前數了數，放進牀頭一個有鎖的鐵盒，她説：「媽説有個同事病了，她要代更，你自己吃晚飯吧。」他也餓了，賊頭賊腦地打開飯盒，半份揚州炒飯、幾塊豉椒斑腩、三兩條發黃的菜心和一灘西湖牛肉羹毫無關連地塞在一個發泡膠盒內。他知道是餐廳的剩菜，吃的時候份外無精打采。

天色已經全黑，就像有人關掉天上的燈泡，他不知道自己是怎麼撐到老婆回家的。她回來比平日較晚，但精神得多，說是黑色暴雨天人流也少了，她也樂得少洗幾隻碗。但是當他伸手要摸向她胸脯時，老婆卻忽然開始直喊累，又說聲音要是讓隔壁房客聽見了，豈是難堪。半夜，老婆開始扯起呼嚕，他卻是愈來愈肚餓。他拄着拐杖，伸出腦袋往漆黑的走廊打量了好久，才的噠的噠地來到廚房，打開灶頭隔壁的儲物櫃，戰戰兢兢地取出一包寫着旺婆名字的公仔麵。他非常小心，動作慎重得像對待一件剛出土的千年古物。撕開包裝的同時廚房的燈不知被誰亮起來，他回頭，和張師奶的大兒子四目交投，兩人都一聲驚呼，他急着逃走，蓬一聲把小朋友撞倒在地。他狼狽地逃回房間，爬上牀大被蒙頭，他的四肢是僵直的，渾身卻在瑟縮發抖。

他豎起耳朵聆聽門外一陣細小的混亂，雨在不知什麼時候漸漸止住，橘黃色太陽慵懶地露面，照得簷前的水珠閃閃發亮如一串金縷，獨有一份恬靜的美，他就這樣睜大眼睛迎接晨曦。

斷層

陳麗珍

鐵灰色天空下
傘一朵又一朵，開着
陌生撕裂彎曲的街道
人，隨水中漂浮的花瓣
滑入新舊交替的建築之間

蜷伏在裂痕之上
季候在炎夏的木籠中翻騰
木蝨爬過的肌理
在熱夢裏晃出一牀冷汗
浸洗枕底紫荊花饑渴的呼叫，往夜的深處墮入沼澤
按照他們的預想，沉進空洞的人不會掙扎多於
一朵曇花的開放
爬上霜花的咖啡咬不碎臃腫的糖塊
發黃的紙張燒不焦零碎的雲
鏽蝕的銅片照不亮火柴擦醒的黑夜

裂縫裏，他們蹲在地上響聲講話
忐忑的黑色街角

蔬菜氧化的腥臊劃過被歲月凋零的皺摺
泛着次氯酸鈉的泡沫緣暗色紐紋捲入指間，結痂後
再一次被掀開的傷口
尖刻的四個聲調，歪斜的語音
是夜半的犬，狂吠
虹彩漂泊於這樣一個星光冥暗的裂口
被渴睡的眼球書寫成草灰
然後，響聲和成斜曲的九個聲符
他們耕種，建造房子和洗手間

若干年後
陽光腐化的石灰
將沿着冷硬沙啞的骨肉
落在冷而白的柚木裂口
生根

赤柱飯堂

胡蕙蘭

燒得正旺的柴火上，有一隻巨掌握着與這裏格格不入的生鐵鍋在猛拋，巨掌的主人頭也不回地吆喝一聲：「雷，蛋！」雷從寵物的屁股下抽出了幾隻蛋，快而穩地放到巨掌中，然後笑說：「今晚有蛋炒飯這麼豐富啊？」廚子回頭吃吃地笑，笑的時候鬍子碴都陷進酒渦裏，樣子有點猥瑣。

這個臉上嵌有威武鷹鼻的廚子正是赤柱飯堂的建立者，不只是業主，而是貨真價實、親力親為築起本飯堂的人。他自稱歷奇，來自哥倫比亞，但東邊菜市場第三檔的女人總說他是祕魯的毒販，因為她侄兒的朋友在祕魯是當警察的；而第八檔的另一個女人常叫人小心飯堂附近有地雷，圍繞在飯堂外面，那些分佈奇怪的木條就是記認云云。

赤柱飯堂的確實位置實在難以説明，大概是位於巴西里約熱內盧東南方，一個四野無人的郊區。飯堂性質奇特，可以同時作為餐廳、青年旅舍、安老院、罪犯庇護所、精神病院，總之來者不拒，前提是你要夠膽走進去。至於地權是否合法，看來也是一個謎。在這裏用餐當然要付錢，但下榻於此倒是免費的，畢竟食材比地方昂貴得多。飯堂的間格也貫徹它的奇異風格：它是坐落溪邊的一座矮小平房，呈完美的四方形，以磚為牆，鐵皮造頂，上面再舖雜草，以防下雨時頭頂噹噹響；飯堂內的四角各有一間磚頭房，大門的正對面，即是飯堂的另一邊盡頭是廚房，最離奇兼最具風格的是正中央的多用途擂台，擂台四角的木柱直直地伸到屋頂，應該是建築力學的應用，而木柱上殘留了一些暗紅近棕色的顏料，可能是油彩褪色剝落而造成的。

說時遲那時快，歷奇已捧出一大鍋熱騰騰的蛋炒飯，香氣四溢，引得雷與另一住客曹立刻到擂台邊就坐，胃部的躁動聲此起彼落。「米飯炒得顆粒分明，蛋漿均勻，果然是快炒手歷奇！」雷未說罷，已伸手勺飯。可是歷奇馬上捧開大鍋，並表明要等新房客來到才能吃，隨着炒飯冒出的白煙漸散，然後變冷，雷竟有欲哭的衝動，在還未第一次與新住客見面前，已先開始討厭他。

傳說中的新房友終於出現時，曹仍然在逗他的寵物，而雷已面如死灰，但新房友提出的一袋寶物，卻馬上將關係修補了，並使之快速昇華。歷奇告訴二人其實他在下午已來過，但想買些東西作見面禮，所以又下山去，可能是回來時迷路了。鏗鏘的撞擊聲是男人的浪漫，雷鯨吞了不知幾碗飯，再自私地灌下幾支見面禮啤酒後，大家已是打成一片的模樣，雷感覺自己已經一輩子沒享用過啤酒這種奢侈品了，上次……他還在香港的安樂窩中。想到這裏，他才真的有欲哭的衝動。

在愉快的飯局中，歷奇還不忘簡而精地交代住客守則，說：

「每個月交一次飯錢，不准帶其他人同住或留宿，特別是女人。這個擂台在吃飯的時候是飯桌，在有爭執的時候是擂台，嚴禁在擂台以外地方動粗，因為我覺得擂台是世界上最孤獨，但最能讓人自由爭取的地方，總之……」雷心中暗笑，覺得歷奇嘮嘮叨叨的，像個師奶，便搭訕說：「總之其實除了第一項，其他也不難遵守的，哈哈！」歷奇瞪了雷一眼，然後話題很快轉到新住客身上，當然少不了自我介紹環節：新房客來自瑞典，名叫拉夫，念大學時中途輟學。

口腹之欲滿足後，歷奇繼續扮演師奶角色，沉醉在碗盤中，曹也默默地拖着寵物雞回房，多口的雷則拉着有點疲態的拉夫説個不停。原來除了因為啤酒，還有一個特別的原因，令雷願意與他交朋友，那就是拉夫左前臂內側，有「珍惜」兩個中文字的紋身，雖然他覺得拉夫未必知道二字的意思，但中文字的確讓身在異鄉的雷忽然找到隔絕已久的親切感。

在沒什麼娛樂的地方，溝通就是最好的娛樂，因為人活了一輩子，怎會沒有故事可説呢？他們坐在溪邊乘涼，一邊説起家鄉的事物，例如宜家傢俬在它的發源地瑞典，是紅白色而不是藍黃色的，又例如前丹麥王妃是香港人……二人彷彿一拍即合，有很多共同話題，十分投契。

聊到後來，終也觸及二人自身的故事，雷為了一盡「地主之誼」，決定先説説自己：他來自香港，出身中產家庭，父母在任何場合都只聽到錢掉下來的聲音，他的童年，除了沒有子彈大炮，基本上是一個戰場，雙親在他生命中只是財大氣粗的過客，而他也不想待在酒店似的冰冷房子裏，所以決定出走，臨走也不忘盡情砸毀他最討厭的安樂椅，那個給人錯覺，搖呀搖呀，叫人以為自己正向前游移，但實無寸進的變態裝置。他原定是要去玻利維亞的，卻浪遊到了巴西，最後從菜市場的人口中聞得赤柱飯堂大名，決意深入虎穴。故事說完，再問到拉夫的故事，拉夫說覺得人生苦短，所以退學去流浪，僅此。雷聽罷，只「嗯」了一聲，心裏想：果然……

過了幾天，資訊集散地菜市場傳來新聞一則，「八」盡全宇宙的那羣女人，竟也有看國際新聞的。原來瑞典發生校園槍擊案，事發後有一具屍體離奇失蹤。婦人們「認出」了拉夫就是兇手，但一如以往，沒有報警，因怕歷奇會因手下被捕，殺舉報者滅口，只是，每有類似事件發生後，飯堂又更臭名遠播了。

兼容並包的飯堂容得下再多的謠言，但事件關鍵人物總是難免在乎別人的注目禮，要住下去，就得跨過這個心理關口。拉夫在身分被揭發後的第一天失了蹤，第二天卻帶着鐵青的臉色回來，相信是餓壞了。在一把金色長直髮下，本來陰柔的他，閃爍的眼神更藏不住受傷的感覺，中間還夾雜着自卑和猜度，但很快，他發現飯堂的人根本沒有在意，這個「發現」不須證據支持，只憑眼神透露出真實。他放心了。

有好一陣子，拉夫足不出戶，一直以曹及他的寵物為玩伴。曹是亞洲人，有一頭天然鬈髮，身材比歷奇矮小得多，也大概比拉夫矮了一個頭，身型與偏瘦的雷差不多，最不同的是曹平薄的身軀上，是有着糾結的肌肉，屬於鋼條身型。他的寵物物種包羅萬有，雞和野兔是比較正常的一類，有時會是鷹和河龜，有一次更是死了的水蛭。他總是用繩縛着寵物，或抱或牽，狀甚迷戀，可能是怕寂寞，他每晚例必抱着寵物入睡，而雷最好奇的是他如何抱得住水蛭，一次偷看，才知曹是把它放在頸上的，奇怪到極點。在與曹相處的日子裏，拉夫知道原來每過一段時間，曹便會把寵物宰掉，順便給歷奇作食材，然後在飯堂外豎一條木作空墳。在這段時間，曹把寵物雞處理掉了，大家享用了豐富的數餐，雷更覺得拉夫帶來了快樂。

誰料到，曹的下一隻寵物，竟是一個小男孩，可這樣違犯了住客守則，所以曹破例把他縛在屋外。這個權宜之計雖可行，但長遠來說始終是浪費米飯，而且曹也不慣睡覺時懷內空空如也，所以打算另覓寵物。然後某天早上，小男孩不見了。同日，拉夫剛巧又提着一袋鮮肉回來，曹悠然自得地吃晚飯，然而那晚歷奇和雷都食不知其味。

第二天，菜市場又傳來消息，瑞典校園槍擊案失蹤的屍體殘肢已經尋回，但殘肢被烹煮過。短小精悍的曹大步衝入門，一手揪起比他高的拉夫，丟到擂台上去，他肯定拉夫已把小男孩宰掉了！曹第一次顯露非凡身手，格鬥技似是與生俱來的，右側竄腿連帶一記回身批肘，把瘦弱的拉夫擊飛台邊，血濺在赤色的木柱上。拉夫不甘受屈，欲爬起，抬頭卻只見一個膝蓋迫近鼻尖，然後他失去了意識。

拉夫沒有被殺掉，因為曹曾立誓不再殺人，他害怕戰爭，害怕殺人，害怕吃人。在爭執發生後，輪到曹失蹤了，正確點説，是不辭而別，因為他之後再沒有回來。至於鼻樑歪掉的拉夫，他的清白則由小男孩逃回到山下城的一刻得以尋回。可憐的是歷奇和雷，以為自己吃了人肉而極度不安，更可悲的是曹，終其一生背負着陰影，只因他一審定案。

是夜，溪邊。雷指着溪水説：「你知道嗎？有一種蜻蜓叫帝皇蜻蜓，它的幼體叫若蟲，本來活在水中，靠吃蝌蚪維生，也不起眼，直到一天，牠的某組基因會忽然活化，厭倦在水中生活，經過數小時的蛻變儀式，會爬到樹上，一晚間由水中飛到天上。我想人也應該有這個經歷。」

然後天空下起連繫到天國的雨，他們齊聲讚歎説：「赤柱飯堂萬歲！」

詩三首

陳嘉豪

安老院陳婆婆

都市閒情按例依附着一班沉默的會眾
牀鋪也要向結霜的齒輪招手
偏偏這兩樣都囚不住
你幾近皮包的骨頭
只有外頭的數張藤椅能承托你的
一個下午

重度模糊的鏡頭不停攫着
慘白與粉藍再加幾隻蚊滋徘徊的天空
還是，與另一個名字穿插錄影片段的天空？
名字呢？褪去名字卻抹不走
鬃上膠漆的姓氏，連風也不能 ——

秋風早已降臨，你仍手提一柄小扇
要把不遠的冬天搧過來？
還是，沒有屬於自己的提扇者？
雛鷹學會拍翼之後
就歸入了天空

猶記得叼下英女皇和毛主席的微笑
偶爾在清晨或黃昏送來的紙幣——

淡黃斑點的小腿不自主晃出
緩慢的鐘擺
一如石磡上空閒的少女
「阿珍，夠鐘沖涼啦！」
游隼捕捉水面浮動的一刻
獵獲的，不過是姑娘的一聲叮嚀

(傳單)
你不安的指頭在亂壓
左邊的一角
長出很多不規則的皺紋
今夜旺角的九點，還是昨晨馬鐵站外的八點？
奪過第二，還是驚喜的第一張？
你在細問，炎夏該不該下雨？
薪水失去音符跳躍的節奏，五線譜上拖行
心中默唸 28，32，也許會是 40 和 48？
前日的六合彩偏偏不中這組數字
泛紅的傳單上菜價也走得太遠了
喚不了它那怕是一刻的貼身
壓縮再摺合的微脹長方黑箱，很久也沒有
養過一條活潑的紅衫魚

回力鏢一樣伸出的弧度
何時才能拉成直線？

(退休陳老師)
預設的炸彈按時引爆
九月一日早上六點
疲倦的天空還未完全醒來，你已經
像喝了 Espresso 一樣精神
刷三分鐘牙
洗二次臉
嗽一次口
另有五分鐘沖涼，白浴帽依舊
罩住及頸的染黑的頭

然後呢？然後
才想起昨晚沒有調校鬧鐘
再記得，許多催促如今的清晨
修改五甲班的默書簿如
小心翼翼重建一座小城
「東施效頻、型型狗狗、越左代刨」
部分設計還靠收掩笑聲完成
三人行的下一句
不好再寫成「一人免費」

上下其手是作弊
不要亂摸

課堂上說起默書的錯
此起彼落的笑聲，頓時變成
樓下公園的雀噪——
從前是雀噪，今天之後
亂拍的節奏將跳脫而成
柔情的藍色多瑙河
來喝一口靜寂的時間
讓它開始在你的血管中
輕輕而流

名字

李日康

望着化驗所牆上平價的帆船裝飾畫，我就想到香港仔的深灣。韓曾經在深灣工作過一段不短的時日，她經常說，院舍裏每一個人都喜歡這個海灣。說的時候，她的眼眸總包藏着燭光，以至她本身也成了一種燭光，她實在太喜歡那海灣以及一切相關的名字，而我，每念及此，感到的只有落寞。

從韓得知的第一個關於那海灣的名字，是蝦仁炒蛋。

蝦仁炒蛋大概比我高上兩個、甚至三個頭，不曾留長髮，說陸軍裝最方便，看上去精神一點。他臉好長，也圓，似鵝蛋，然而膚色不好，更像鋪滿噴水池底的灰白色人造石卵。有雙下巴，與及兩片合不攏的唇。鼻頭圓大，有粉刺，鼻樑極扁平，稍稍突出的眼珠子幾乎可以水平橫視另外那邊幾條稀疏的睫毛。左邊眼尾微微向下傾斜，眉毛比較濃密，眉心雜毛多，眉尾散亂。衣物都是鬆身的，以寶藍、啡、黑、灰為主，沉色，但還算整潔，質料以綿質為主，沒有牛仔布，沒有恤衫，只有白襪子，而且往往拉得很高，一旦發現稍稍褪下來，又會立刻拉高，讓它緊緊貼着小腿，他走路時一步貼一步的，即使快步走，還是沉甸甸的切切實實……

蝦仁炒蛋住進院舍的時間，跟韓入職的日子完全相同，所以韓對炒蛋特別好，炒蛋也最能記緊韓的名字，這對於唐氏綜合症患者來說，可不是一件易事。有時，未熟習的韓懵懂地走錯地方，卻碰巧和一樣懵懂的炒蛋撞個正着，把炒蛋從迷宮中解救出來。雖說是新入舍，但其實他的年紀已經很大，韓說，這情況實在太尋常，有時是因為家人的安排，有時因為前一所院舍認為個案特別，還有更多誰都無法想像，無從控制的因素，使得他們即使有着成人的體格，但永遠要拖帶着孩童的背包行裝，終生消耗在不同名字的房子之間的遷移。

相對而言，韓說，蝦仁炒蛋已經過分地幸福：他一星期可以有五天留宿，未來兩年都不用擔心宿位問題，而且，他外婆會在聖誕、中秋、暑假三個長假期帶他回家住幾個星期，在同類個案中，這實在太難得了。他外婆煮得一手好菜，蝦仁炒蛋放假回來，別的都不說，各種各樣的菜餚名字則成了他句子的全部成分。蝦仁炒蛋白切雞菠蘿腸仔炸雞翼。而蝦仁炒蛋，應該是他婆婆的拿手菜式吧，也就是他最常提及的名稱，所以，食物的名字就直接成了他的名字，至少其他院友以及韓，都是這樣喚他的，而他又彷如聽見真實姓名一般地回應。

化驗所的姑娘以接近叱喝的語調叫喚韓的全名，韓隨便應過，手袋也沒有給我，只笑了笑，要我等一會，就逕自入應診室去聽報告。韓就是這樣，像個晴天娃娃，小小的單薄的身體，好像包裹了什麼東西，當你要翻開那老舊藍色的布幔，去為她分憂，裏面卻空空如也，原來已經廣闊得沒有什麼牽掛。就正如此刻，韓之所以身處化驗所，是因為那宗她沒有埋怨過誰的意外。

我接到韓受傷消息的那個下午，天很陰，從巴士的車窗望出去，有些人張開了彷徨的傘子，有些卻沒，車窗沾滿水點，但究竟還有沒有下雨呢？巴士很快就穿越了屯門公路，我在那個名為湖景，卻名不副實的地方下車。這是韓的第二份工作。這裏沒有湖，只是一個幽蔽的迷宮。有個婦人見我呆頭呆腦，四處張望，就主動上前，問我要去什麼地方，當我說出院舍的名字，她想了想，隨手一揚，就指向一條小路。

我欣然按着指示前進，又走進了另一個更大的迷宮，惟有硬着頭皮，向迎面而來的一對母子問路，第一次那太太聽得不清楚，我要再次重複院舍的名字。

「住十幾年，都沒聽過，你有沒有搞錯呀？」

我只好換個方式，問她附近有沒有一所照顧唐氏綜合症患者的院舍。

「唐氏？」

她的孩子卻搶過來回答。即係弱智呀，老師有教！然後露出得意的笑容。母親顯得有點尷尬，連聲無、無、無，我也放下了一聲「唔該」，就繼續在迷宮打轉。韓的電話接不上，而院舍肯定是位於屋邨裏頭的，不如去找地圖！房署的屋邨會有地圖！當我走到一塊大鐵牌面前，上面刻上橫擺前豎的、各種鐵的幾何，一切都用上符號代替名字，而擱淺在一旁的圖示，卻因為時間的關係，鏽蝕掉了。如是者，只好圍着一幢又一幢看上去除名字以外就沒有分別的建築物，不住的打轉，不住的探問。抽煙的阿叔、校服少女們，都不知道我要找的地方。天底好像有雨，也好像沒有雨，有人要打傘，有人不須要打傘。就在我懵懂地胡亂跌撞的時候，韓已經扶着腰肢，蒼白地從避雨走廊的另一端走來了。

「無事嘛？報告怎樣？」

韓從聽診室出來，若無其事。「沒什麼，只是骨膜發炎。無大礙。」

「幾時再檢查？」

「哎呀！我無問醫生。」

韓就是這樣。明明院友突然情緒失控，從後轟她脊髓，她嘔過以後，還說沒有什麼，獨自早退，拐着拐着碰到我；明明她是受害者，負責行政的同工連夜打電話吩咐她記緊交報告；明明有人受傷，但她的同事還是呆着如一木頭。很多人都會買旗，又或許知道有什麼天災人禍的時候，就突然生發出一種瞬息的悲憫心，有時候可以維持一整天，有時候可能僅僅支撐至電視節目的結束，但韓不同，她的服務對象有唐氏綜合症、精神病、自閉症和更多我說不出的名字，她珍視每一位，她從不叫他們作病人、院友，她會把和他們的合照放在智能電話的長期相冊內，有時向我介紹這個是炭頭，那個是肥妹，而放在智能電話桌面的、那個韓最偏愛的，叫巴士。他來回宿舍都乘巴士，他很愛坐巴士，他想有日可以駕駛巴士。而她，也就是被自閉的巴士打傷，而現在要定期照 X 光觀察。

我問韓。「你打算怎樣？」

「可以怎樣？」

「不怕下次嗎？」

「怕不來。做我們這行，還要介意損手爛腳嗎？」

「最低限度也想想他是否適合繼續留下來。」

「沒有適合或者不適合，而是他只有這個選擇。」

「不可以去庇護工場嗎？既然他也有能力攻擊你。」

「我們這些院舍，除了學齡兒童之外，其他都不以年紀區分。一般人的智力會隨年齡成長而呈正比發展，但他們可不一樣啊。去庇護工場的，是能夠接近主流社會的一羣，已經很幸福，可以去的話，他們一早就去了。」

我又問韓，不同院舍之間是以什麼標準來區分？韓說，社署當然有文件指引，但你要知道，現實生活有太多變數了，我們如何區分「需要接受職業訓練及康復服務的殘疾人士」以及「需要職業訓練或支援以便在公開市場就業的殘疾人士」呢？談到盡頭，我也不知道我們可以談出什麼，我始終無法明白任何制度的根源，以及各種分野。究竟是我們不理解他們，還是他們真的難以分類？對我這行外人而言，名字是沒有意義的，因我無知得不能分辯，對韓而言，名字也是沒有意義的，因為名字僅有其形式，已經沒有能力為同工以及需要幫助的人指引什麼，那怕是小路一條。

檢查過後，韓特別地餓。先去新都城廣場好不好？然後再去吃雪糕。新開的北海道拉麵是不是真的從日本來的？雜果新地應該只是雜果醬罷了。寫是這樣寫，說的確是這樣說，難道不是真的嗎！城市璀璨又繁榮啊。這時，電話響起，韓接過電話後是一臉的難過。

「什麼事？」

「巴士入了深切。之後，走了。」

「轉了全日制院舍不是很好嗎？」

韓說她也不肯定，只是好像新院舍那邊不適應，藥物副作用又突然急劇襲來。

「不是有血清素嗎？副作用很少。」

話剛出口，我就察覺自己的無知，誰不知道新藥好，只是買得起的不會是多數。一路走着，沒有拉麪沒有逛街沒有說話，我想做些什麼，要不寫張心意卡，或者做個花圈送過去？但是，我才醒起，我根本不知道他的名字，莫說是巴士，甚至關於蝦仁炒蛋的形象，以至一切一切，我一點也不知道，我從沒有見過他，一直以來只是透過韓的描述，加上我的刻板印象塑造而成。我可以做什麼呢？

韓說要早回家。外面好像有雨，也好像沒有雨，要打傘，也好像不要打傘。韓要安排一個追思會，讓認識巴士的同工和院友，送他最後一程。連鎖糖水舖的夏日推介閃閃亮亮，來自美國的便服品牌大減價，智能電話有新的型號新的名字，而內容依舊是四核心。横街有横街的名字，剛落成的廣場有日本的名字，名字的故事，大概，不得不如此。

只是，在韓將要轉身離去前，我還是問了，完完整整的問了，並牢牢記住，巴士真真正正的名字。

第二輯

隱迷的親心

胡燕青讀評：親情不多言，卻有話說

親情不多言，卻有話說

胡燕青

假如你問我，大學生寫什麼題材寫得最好？我會毫不猶豫地回答：親情。這一輯裏面的十一個作品，每一個都令我想起自己的至親。我寫作數十年了，拿得出多少這麼有水平的創作呢？這些都是非常值得品嘗的文字，即使放在名家大家的集子裏，也毫不遜色。

文章	頁數	讀評
世代 黃小娟	82	黃小娟的文字活潑而有節奏、有自信，頑皮中隱藏着沉着、幽默裏透露着忠誠，非常立體也十分利落。她筆下的嬤嬤（嫲嫲）和她一樣，生活上是頂天立地的麻利女子。嬤嬤對孫女兒的愛是義無反顧、刻骨銘心的，孫女兒對嬤嬤也敬重親密、相知相惜。很有趣，兩人中間夾着一個重男輕女社會的必然角色——弟弟，然而他卻只是本文的配角，這種設計，極有心思。文章開門見山，卻不流於口說無憑：「嬤嬤是潮州人，雞腿肉都先留給弟弟。」如此起筆，讀者以為繼來的怨懟無可避免。小娟卻輕盈地帶來了閱讀的驚喜。頑童小娟看來是個星座擁躉和追趕潮流的少女，卻出人意表地肯天天為嬤嬤清理尿桶，她的務實和淳樸就在這裏顯明了。嬤嬤也對孫女兒一面罵一面疼，日常生活照顧周到：「要是我沒有依照王命五時半回家吃飯，嬤嬤就咬牙切齒地罵我：『八點先返屋企？係咪癲架？』每逢我們為她夾菜，她都會板起臉，抖着手要自己夾。有時我盡盡孝道，在廚房翻熱兩味，她裝模作樣地進來開開冰箱，忍不住又說：『要灑點水！』之後在客廳不到兩分鐘，又搓着腰背竄進來罵我用茶匙來量鹽，她說：『用手量先最準啊！』我的鍋鏟已被

文章	頁數	讀評
		褫奪，她五爪大握，一面翻來炒去……」嬷嬷和「我」的性格無不躍然紙上，一目了然。此文獲得浸會大學中文系的「徐訏文學獎」，絕非僥倖。
緊急聯絡人 劉善茗	87	小娟的文章充滿喜樂，劉善茗的〈緊急聯絡人〉卻儘量不涉喜樂或悲哀。善茗好像故意避開情緒的渲染，在無人注意的小事情上着墨，存心以改變了的位置來述説永不改變的母女之愛。孩子小時候，在學校裏有什麼事，必須找到「緊急聯絡人」，那大多數是孩子的母親。但不知什麼時候開始，孩子竟漸漸成為母親的依靠了。成長，也許不是什麼驚天動地的事，天天發生卻無人察覺，卻終會帶來「時移世易」的驚訝，讓人喜悦也教人傷感，父母日漸年老，孩子長大成人，扛負起社會和家庭的巨大責任。這首詩焦點清晰，像整個春天第一朵張開的木棉花，把灰濛濛的雲層點亮。它是第七屆大學文學獎新詩組的優異獎得主。
有房出租 黃芊蔚	89	黃芊蔚的〈有房出租〉道盡了香港人生活空間的狹小和關係的疏離。作品的主角是包租婆的女兒，經濟上也許有更多的轉肘空間。但在淺

文章	頁數	讀評
		窄的生命場景中掙扎求存的她其實連租客都不如，因為他們可以退租，而她永遠無法這樣做。下面這一段對話，把她的絕望推到了高峰： 「喂？包租婆嗎？」 「怎麼啦？」 「我想退租。」 「衰女包！你瘋了還是傻了？」 生命是如此破碎，即使衣食無缺，包租婆母女、租客和許多香港人一樣，心情並不開朗。讀着這個小説，我們不免問：包租婆的丈夫到哪裏去了？為什麼母女二人只能靠分租住所來養活自己呢？細看芊蔚的敘述，你更會發現原來租戶的家庭都不是圓滿的。初中女孩只有媽媽，小男孩也只有母親，幾個單身男人都沒有完整的家……作者用「板間房」或「不斷間隔」的意象來表達的，原來遠多於貧窮或寸金尺土帶來的無奈。
給爸爸的信 楊康琪	94	〈給爸爸的信〉是楊康琪於 2011 年海嘯後為日本人寫的。詩歌説一個小女孩寫信給她在福島洩核區工作的父親。詩歌分為四節，信也分為四封，以春夏秋冬來做結構。春天，地震海嘯破壞了核電設施，爸爸要到那邊去搶修，一時

文章	頁數	讀評
		難以回家。小女孩很想念他，就寫信給他，又送他花瓣，畫上畫給他，渴望看見父親的感情躍然紙上。到了夏天，孩子的心就只剩下無法到海灘游泳的不滿了。當然，那也暗示日本的海水已遭污染。秋天了，媽媽思念爸爸，抑鬱成病，作者說的是災難對家庭的深遠影響，但孩子的信呢？已變得很簡單了。最後，冬天降臨，父親依舊得留在福島工作 —— 不能下班，而孩子尚未懂事。詩歌一節短於一節，顯示孩子對父親的思念一季少於一季，那位飽受輻射折磨的爸爸，以及深知此事嚴重的媽媽心裏是多麼難過啊。文字輕盈而信息沉重，當日在創作課上讀到康琪的這首詩，老師和同學都很感動。
裝睡 黎俊延	95	父親為何裝睡？黎俊延筆下的那位父親是一名賭徒，因為無法面對破裂的婚姻，經常裝睡。裝睡，固然是逃避痛苦現實的途徑，也是避免向人解釋離婚事件前因後果的最佳方法。可惜，這自欺欺人的劣法早被兒子看穿了。值得一提的是，這位同學很巧妙地讓故事以喜劇的形式開展，先說到這位爸爸在公車上裝睡而不讓位給老人的狡詐，然後描述家庭聚會時他的

文章	頁數	讀評
		饞嘴和對天倫之樂的渴望。作品充滿幽默感，為讀者帶來一次又一次的會心微笑。但漸漸，筆鋒拐彎了，喜劇的面紗逐片退去，揭開了悲劇的內質，父親流着淚進入舞台的聚光燈。母親堅決離去，父親無法自處的家庭歷史一一對焦了。俊延善用對比，懂得經營大起大落的結構，使讀這個故事的人隨着其敘述悲喜交織。一年級的同學能夠寫出這樣變化不輟的作品，不可多得。
彼岸 譚穎詩	98	如果說康琪和俊延的作品善於運用情節，那麼，譚穎詩的散文〈彼岸〉寫得最好的是細節。這個作品在很多優秀的大學生和研究生的創作中脱穎而出，取得 2012-2013 年度大學文學獎散文組的冠軍。她以此獻給已經過世的祖父和外祖母。寫祖父時集中描述他最後的日子，呈現孝與不孝互相侵入的行為，寫外祖母時則更多書寫她死後的儀式，表達投入與觀察之間的張力。祖輩完結了的生命是否依然能夠向生者延伸，與他們的思念接軌？這正是穎詩的思考景深。我特別喜歡文章最富象徵意義的末段：「長輩剛好拾到一個完整的果子，還沒被人踏過，便向我調皮的拋來，我沒有接到，果子一

文章	頁數	讀評
		下掉在地上，滾了幾個翻身。他便說，這果子是蓮霧，你婆婆以前來這裏拜祭她的愛人時，會在這樹下等果子掉下來，裝在口袋裏在回程的路上吃。我用衣袖擦擦果子發亮的表皮，看到屬於她的食物長成她的身體，甚至長成一棵巨大的樹，從彼岸往此岸伸來，給我送一顆完整的果子。」外婆一度來拜祭她的愛人，如今她自己卻已成了被祭的人，只能被動地活在另一些人的思念裏。原來思念，千古以來也不過是生者一廂情願的一種撿拾。「彼岸」很遠；「彼岸」也很近，就在心裏。
離婚那夜 楊瑞峰	104	楊瑞峰寫〈離婚那夜〉時也是一年級同學。作品描述母親離家之前女兒看着她離開的感覺： 「年輕的朝氣早已散去／每天的生活／就只是生活／你把所有裝進心裏／但從不清理／忍受着所有賜予你的痛／竟希望反芻出他的一點溫柔／結果只是一陣噁心」 詩裏的「我」，與母親感同身受，得到她新家的鑰匙，「我」卻心如刀割，因此說它「薄薄的一片／但似乎比／玻璃碎還／鋒利」。這是精確而具有多重含義的意象，表達了離家的意思，還

文章	頁數	讀評
		寫出夫婦爭吵時打碎了的關係，和分離對一家人傷害之深。若非親身經歷，我們也許無法想像父母離異帶給孩子的大痛。政府的廣告有說：「夫妻緣不再，親子情永在」，原意是鼓勵當事人和孩子繼續相信愛，事實上，在父母關係的拉扯之下，親情的某一個環節總要砰然斷裂。真可惜，詩的好幾乎全都來自生命中最真實的哀歌。
冬至 馮美璇	106	在〈冬至〉裏，離開家庭的卻是父親。母親的情緒因此時而抑鬱，時而暴躁，而文章裏的姊姊成了她的出氣袋。身為妹妹的「我」，既要安慰無辜的姊姊，也得照顧失婚的母親，在全無對話的兩者之間做調停和開解的工作。故事設景於冬至的團圓飯，情節從頭到尾都非常簡單，但讀者無法不注意到一隻「蒼蠅」的存在。蒼蠅是獨來獨往的昆蟲，也是可怕的帶菌者。作者以牠來象徵母親的孤獨，以牠所散播的病菌來暗示母女之間的緊張。牠於飯桌上控制着三母女冬至晚上整頓晚飯的情緒。最後，「我」積極採取行動，付出了身為妹妹和小女兒能夠付出的微小關懷：「為了不讓姊姊感覺太寂寞，我刻意留在沙發上看着無聊不相干的電

文章	頁數	讀評
		影。姊姊把一件精美的蛋糕遞給我，我很飽，但我還是陪她一起吃了⋯⋯」之後，「我」陪母親遛狗，在適當的時候，把她擁在懷中：「我把手搭在她豐厚的肩膀上，媽媽的個子比我矮，站着的時候她的眉心剛好到我的胸膛位置。我用力地摟着她，我相信，她能夠感覺到這一下摟抱的力量⋯⋯」女兒細緻的情感表達，足以把蒼蠅的干擾打斷，把牠拍死。「『啪！』蒼蠅的頭掉落在尚未收拾的飯桌上，蒼蠅的身子卻仍然在慌張地胡亂飛動着。我一邊替媽媽收拾着碗筷剩菜，一邊拿起一張桌上骯髒的舊報紙，朝着蒼蠅亂舞的身子撲過去，整個冬至晚上我最期待的 —— 用力一握！」我讀着就覺得幸好這一家人有女如此。天倫之愛終於主動出擊，於冬至重臨。這篇散文和美璇一向比較華美激烈的文字很不同，她這個作品文筆樸素，取材生活化，親切的感覺於讀者眼中湧動，我好喜歡這篇散文。
理髮 熊志洪	110	熊志洪同樣記錄了一個不怎麼完美的家。不過，這次分裂出去的，是母親企圖操控的姊姊。作者以小弟弟的眼睛觀看母親手腕的力度，心裏大不以為然，卻默默地接受了。姊姊

文章	頁數	讀評
		恨母親把她的髮型和生活弄糟，一直不肯原諒她，一能夠自立就離家。離家做什麼呢？就是做媽媽不肯做的事，為人剪出他們喜歡的髮型。故事在姊姊的髮型屋開始。年輕人的小小夢想，主權誰屬？志洪提出的，正是這樣的問題。母親和姊姊，代表着兩種力量 —— 強權和強權下的個人權利。志洪是電腦系的學生，但似乎很喜歡寫作，我的兩個創作課他都來修讀了。作品表達的，有沒有他自己的心靈經歷？這篇短文寫得特別好的，是姊姊的淚和母親的累。最後一段，「我」剪完髮回家吃飯，母親的關愛依舊表現在一道溫柔的命令之上 —— 她要「我」吃菜。「我」和姊姊不一樣，很順從地「從擺放得整整齊齊的菜心中夾起了一條」，快快地吃了。很明顯，「我」妥協了，在姊姊翅膀的氣流之下，「我」為了顧及母親的感受，把羽翼暗暗收斂起來，決心在這個家裏好好待下去。這是選擇，是愛，也是繼來的犧牲。
熬 文於天	113	文於天的〈熬〉原只是非常簡單的題材 —— 親密也生疏的父子關係。此詩得到 2012-2013 年度大學文學獎新詩組亞軍，是出色的「情詩」，只是「情」的對象是作者的父親。父親和兒子已

經很久沒說話了。這並非來自激烈的吵架，或要面子的好勝心一類的對立，而是男子與男子之間不善於用言語溝通帶來的困局：

「我知道是這樣，彼此竟已習慣沉默
和無來由的對峙
各自將生活裱褙，成段的犯駁
如飯鍋上晾乾的粥衣
風扇吹響它的邊緣」

粥衣，是乾了的米粥形成的薄膜。薄得離奇的一片，在兩者之間翻動且能發聲，可見兩人相處時家居，靜得使人發瘋。作者文筆的敏細、綿密、深入和成熟，使人吃驚，說到底，他只是個二十來歲的年輕人。「熬」既指父親煮粥給二人做飯，也指父子之間雖沒有用「明火」大吵，卻無法脫離以靜默彼此煎熬的痛苦，是精心挑選的主題動詞。粥不是一下子就煮成的，必須用慢火來熬，其痛長久、其情難堪。這種慢火煮出來的不是爽淨「彈牙」的飯，而是黏黏糊糊的粥，既不撇脱，也不好吃。晾乾了，一片片的粥衣形成，更代表着冷漠和隔閡。這是一首美麗的情詩，作品得獎，非常合理。

文章	頁數	讀評
電燈泡紀事 胡冠東	118	胡冠東的散文也很接近一首詩。它的場面、語調、細節、感悟，以致抒情強於敘述的表達，在在使這篇詩化的散文生出一種清瀅的氣質。刻意抽離對關係的描述，以旁觀者的眼睛察看父親的身影，以追蹤者的縝密思量並重塑他的一生，以年輕人的角度推算他的甘苦，以非兒子的身分來呈現兒子的愛和不孝，以塵封的痕迹重組父親生活的結構，以無情的視野表達感情的沉澱——都是胡冠東這篇文章的超然之處。他散文的優勢，令熟悉他的同學老師都非常驚訝：在這方面，他可能已經達到香港的第一流水平。

同學寫親情，寫得特別「到位」。每次我讀到這樣的作品，心情必受衝擊。一方面無法不為他們已經達到的創作高度驚歎，另一方面也難免為他們的破碎家庭感到難受。但願哀傷的故事愈來愈少，他們的人生愈來愈美滿。

世代*

黃小娟

嬤嬤是潮州人，雞腿肉都先留給弟弟。我遲早要嫁人，潑出去就是收不回的水。每逢年底嬤嬤就會擺大壽，月份是隨便選的，她身分證上的生日日期根本就不是真的。在腦海裏我一直問：「其實她是什麼星座呢？」我是獅子，非萬獸之王不做。但有時我就連風扇轉速高低、穿裙子還是褲子、吃飯的時間也要問准皇太后，藍色的頭夾和白色的橡皮根都不可以用來束髮，連我那部古箏都不能立身處世，只因它長得太像棺材。

嬤嬤每早五時就起牀拜土地、天地和灶君。家裏大大小小有十多位神仙，我有時一個足球踢翻了土地的香灰，就準備要碰一面灰。拜過神，嬤嬤就拿一個尿桶到屋外的小河倒掉。小河畔生了一棵「毒芒果」，還有很多「水甲甴」，每早小河就會漲潮，一條條可憐的小魚就會落在我密密的細網中，我把這條事告訴了住在四方形石屎大廈裏的同學，感覺自己很「型」。但其實因為家裏沒有廁所，我們的屎尿屁都儲在尿桶，每次方便後就倒入小河，誰有膽量吃我捉到的魚？嬤嬤的尿桶是一個膠桶，裏面有一圈一圈黃色的尿痕，發出淡淡的「飄香」。裏面盛了點水，水多數都是無色的，我一直不太意識到房間裏有這個桶，除非有東西噗通一聲掉了下去。

星座書寫道：「在十二星座中，獅子座是最具有權威感與支配力的星座。愛發號施令，要一人之下萬人之上！」要是我沒有依照王命五時半回家吃飯，嬷嬷就咬牙切齒地罵我：「八點先返屋企？係咪癲架？」每逢我們為她夾菜，她都會板起臉，抖着手要自己夾。有時我盡盡孝道，在廚房翻熱兩味，她裝模作樣地進來開開冰箱，忍不住又說：「要灑點水！」之後在客廳不到兩分鐘，又搓着腰背竄進來罵我用茶匙來量鹽，她說：「用手量先最準啊！」我的鍋鏟已被褫奪，她五爪大握，一面翻來炒去，一面滔滔不絕，一面咳嗽：「要先爆香蔥，咁少油無味架！水喉要放左邊！」我打開電冰箱拿出隔夜菜，她也不忘下王旨：「保鮮紙唔好掉啊，洗完可以再用！」她中氣十足，聲勢浩大。我抱着重重的聖旨，拳腳不能一展，有才而不被賞識，恭恭敬敬地俯首站在一旁。所謂「一山不能藏二虎」！在減肥的時候，我不吃飯，她就咒我全無正氣，說飯蟲動下動下就會餓死我！

吃飯的時候，我會多拿一張椅子，預留給貓咪。我一放好椅子，「咪咪」就自動自覺跳上來，牠的小豆鼻子動啊動，但牠只嗅到香味看不到佳餚，就忍不住伸展健碩的前腿，跳上桌子窺探有什麼珍饈百味。白白的腳掌抓啊抓，看得我心頭怦怦跳。我故意把雞放在桌子邊，恨不得牠可以成功得手。「轟！」一聲，嬷嬷凶神惡煞地拍一下桌子，「咪咪」被嚇得貓飛狗走。她總要在關鍵的時候煞停了我的美夢，我一肚子氣地吃飯，食之無味。嬷嬷照常夾起菜莖放在弟弟的碗裏，我咬着菜葉，耳朵還不斷傳來吱吱喳喳……吃過飯後，嬷嬷就把吃剩的飯菜堆在一起，加入一些白飯和魚肉，咯咯地敲着碟邊，幾隻貓就搖着尾從窗口跳回來。之後，嬤嬤會出白菜田拔草，她常常拉我去拔，說什麼「做官都要識耕田！」我賴死不去，輕功水上飄般一點一點地移動，從電冰箱偷了一條有肉的魚給貓咪，要是被發現，不知道老母獅又會在耳邊吼多久。我蹲在貓咪旁，頭快要貼在石屎地上，看着牠們喵喵喵。

有時，我爬到石榴樹上發呆。「如果我有一頭小笨象就好了，如果我有一條皺皺的象鼻子，就可以不用洗碗，英文可以不及格，還可以吃可樂味的珍寶珠！不過我不會做小偷……」想着想着，姑姐一家乘巴士來了，表妹的牛仔褲穿了一個洞，表姐的耳朵都快被鐵圈拉斷，他們常常說 LV 和 Guggi，不提包包就說張根錫和吳彥祖，他們的話我常常都想不通，但就覺得很「威水」。表姐每次來都會給嬤嬤一個紅封包，我偷看過，裏面是金色的，嬤嬤收到後會笑不攏嘴。突然，嬤嬤從房間喊:「陳家寶，你過來！」「又來了又來了！」我心想，不知道是第 N 次了！嬤嬤一肚氣喊:「我幾千元加拿大幣唔見咗啊！」弟弟耳朵變得紅通通。姑姐一家和幾頭貓圍了一個圓形。「做人最緊要正氣，行得正企得正！錯就要認！」「是啊是啊！」表姐有空就附和幾句。金管羅弟弟頭俯得很低，不敢說話。「他竟然連加拿大叔叔給嬤嬤的錢也偷！」「認了就算啦……」嬤嬤唉聲歎氣。我家第九代單傳的弟弟嗯了一聲，嬤嬤慢慢走入房間，房子靜得一點聲音都沒有，連「咪咪」也沒有喵。弟弟靜靜走到外面，晚上如常吃菜莖。他是皇太子，將來要繼承江山。幸好他會封地給我，有時分我雞腿肉，不然我一定篡位。

我愛時裝，每天都換很多衣服，有時甚至上下午也想穿不同的款式。「你屁股穿咗個窿！」我摸摸我的屁股，褲子好端端的。我再摸高一點，到了腰脊，才摸到一點肉。嬤嬤狠狠地說：「係唔係？俾人睇哂！凍死你！」家裏的洗衣機轟轟地轉動，抽氣機隆隆地滚動。「大妹！」嬤嬤呼叫我。「等一會再去吧！」我心裏常常都是這樣說，我正在整理我日誌。「大妹！」我瞄一瞄旁邊的房子，無奈地走過去，濃濃的藥油味撲過來。「麗，幫我倒倒個桶……」嬤嬤第一次叫我清理尿桶，裏面黃色的糞水一蕩一蕩，蕩出陣陣濃郁的味道，我不敢直視，那小塊小塊的糞便，令我緊閉雙目加快行事。我伸長手臂，把桶子拿到離我最遠的距離，急不及待把臭臭的糞水沖走。但是，桶子左一邊右一邊仍帶着一點一點棕色的污迹，我把桶子洗了一遍又一遍，喉頭不斷湧出胃酸，像打蛋器在我喉嚨不停地攪動。

「哎唷，哎唷，哎唷……」嬤嬤的身體像鐵板一樣，身子筆直，面容痛苦，徐徐地從牀上坐起來，每動一下，口裏就痛苦地喊一下哎唷。嬤嬤深深地喘氣說：「大妹……我……煮唔到，叫你媽過嚟……」我從 facebook 醒來。「哎唷，幫……幫我打開……」櫃子只不過在嬤嬤伸手可及的地方。我打開櫃子，找到一袋藥。我一邊拆藥袋，嬤嬤一邊呻吟，她不忘提醒我不要把藥弄掉在她的尿桶裏。我趕快把水拿給嬤嬤，她接過水，手抖得更厲害，仰起頭吞下了藥，又哎唷哎唷，一下一下，慢慢地，再躺在牀上，但聽得腰間發出微微的啪啪聲。我坐在牀邊看着她闔上雙眼，心裏走過一個黑影。嬤嬤九十多歲了，額頭兩頰滿舖一條條坑條似的歲月紋，小小的身軀蓋了綿被還是單薄的，她的鼻子一呼一呼，呼出斷斷續續的氣息，好像再不會向我咆哮了。嬤嬤睜開一點點眼縫，握住我的手呻吟：「錢……錢……放咗係牀板……咳……逢新年記得提細佬拜契娘……我差唔多啦……」「不是不是！」我狂摔着腦袋。我再也不想回到電腦前，她卻說：「好了，你去忙吧……」我回到房間打開了抽屜，把二十元和十元的利是排好，緊緊地握着這點點錢，放入了一個紅通通的大利是封，走到去嬤嬤旁，雙手遞上紅封包給嬤嬤，我說：「嬤嬤，我給你錢！」嬤嬤安詳地笑了一笑，又闔上眼。

您要繼續母儀天下發號師令，長命歲百歲啊您。

*〈世代〉獲 2012-2013 年度「徐訏文學獎」

緊急聯絡人*

劉善茗

小時候那一張張郊遊回條
灰灰的縐縐的像封塵許久的
只記得除母親親筆簽署外還有
那一行緊急聯絡人
裏頭總填了你的名字
那一輩子都沒變更過的電話號碼
以及因為你圓圓字迹而顯得和諧的
母女兩個字

這兩個字向來由你代寫
數年後卻被我自己的稜角筆迹代替
幾年前開始轉換成冰冷的新細明體
我理所當然地
填上你的姓名你的電話
留下一張張保單獨自旅行

「緊急聯絡人等於你」
是我旅途的公式

前幾天你和父親拖着行李
在昏黃走廊中緩緩步向大堂
那抹銀色顯得更蒼白
彷彿閃亮了我手上那一疊
厚重行程和那一張
輕薄得風吹飄遠的保險收據
那一行緊急聯絡人上
寫得方方正正的
是我的姓名我的電話

「緊急聯絡人等於你」
原來，在不知不覺間
也成了你下半生的公式

*〈緊急聯絡人〉獲「第七屆大學文學獎」新詩組優異獎

有房出租

黃芊蔚

那是個典型的、蟬聲此起彼落的夏天。一個女孩住在一個安置了八個人的九百平方尺大廈單位裏。除了到學校上學，其餘時間她都待在其中。女孩大概十七、八歲，長得平凡，有一張令人過目即忘的臉。若硬是要描述她的長相，也只能含糊地說她有一張既不教人驚艷，也不算醜的鵝蛋臉。她的故事不太有趣，不足以讓人聽一個晚上，更沒有人會為她説一小段故事。她好像叫明欣，又好像不是。沒關係，反正她就是個可有可無的存在，沒有誰會記住她的名字。

這單位本來只有三個房間，後來業主用幾塊薄薄的大木板將近大門的兩個房間變成四間，又在客廳多「創造」了兩間房，現在共有七個房間。「包租婆」將房間分租給兩個男人、三個女人和一對母女。明欣和包租婆則住在同一間房，因為包租婆就是她的媽媽。

那是個典型的夏天。學生都在放暑假，不用上學，明欣就躲在那屬於她和媽媽的房間內發呆。同屋的那個讀初中的女生也不用上學，在她隔壁的房間中播放着搖滾音樂。豎立超過二十年的木板殘舊得很，木架緊隨結他的重低音震動，幾乎要折斷。住在客廳板間房的男住客正赤裸上身，大字形地躺在牀上呼嚕大睡，偶爾揚手趕走在耳邊繞圈的蚊子。其他的租客都上班去了，從明欣房裏的窗子可看見女生的媽媽在附近一間西餐廳的後巷洗盤子，遠遠也看得見她隔着紅色塑膠手套用手在額角擦汗。屋內其中一個女租客是上夜班的，早上都把自己鎖在房裏，所以明欣從未見過她。餘下的一位女租客搬來才幾個星期，她還不太清楚對方的背景。隔壁的搖滾音樂很擾人。明欣本來就很討厭吵鬧，但奇怪的是她沒有反抗，反而就這樣坐在牀邊呆着。夏天的天空特別清澈，明欣看着窗外被大廈圍困的藍天，看雲朵由左到右來了又去，任由稱不上旋律的咆哮聲衝擊着耳鼓。她嘗試轉移注意力，去想屋裏曾經住過些什麼人。

她記得她隔壁的房間曾經住過一個小男孩。男孩的母親要上班，所以只可以送男孩上學，放學時則由包租婆接回板間房。小男孩很可愛，有時手裏握着幾顆從幼稚園帶回來的瑞士糖，嚷着要請明欣吃。每晚明欣都會為小男孩複習功課，又或是玩玩遊戲，兩人的感情親如姊弟。有一天，小男孩天真地問明欣：「姊姊，我的媽媽上班去了，那你媽媽在哪兒呀？」明欣微笑着回答：「包租婆就是我媽媽呀。」小男孩驚訝地點着頭，然後又埋首寫生字簿。他不知道他剛剛讓明欣想起，不知由什麼時候開始，她也學了其他租客，把自己的母親喚作包租婆；小男孩也不明白，明欣的嘴角帶着的是苦澀的笑意。後來，男孩的媽媽因為患了風濕，每當天氣一轉便要請假，工作自然做不長，不久便被辭退了。母子倆在屋子裏多待了三個多月，再後來男孩的媽媽在另一個地區找到工作，帶着男孩搬走了。起初母子二人不時會回板間房探望明欣和包租婆，漸漸探望的次數減少了，最後再沒有聯絡。在現在的這對母女搬進來之前，隔壁的房間轉過幾個租客。至於是個怎樣的租客，明欣想了一會就放棄了。根本沒有辦法想起誰住過這房子。喜歡的人、不喜歡的人，這房子都留不住。

電子結他響起比蚊子還要尖鋭的高音頻，嚇得蚊子也慌了，不斷在單位內快速繞圈。「明明是自己的房子卻要跟別的人同住，還要聽着吵人的噪音。」明欣愈想愈不忿，終於忍不下去，雙手握着拳頭憤然而起，跨過地上一堆雜物，闖進那對母女的房間，用近乎尖叫的聲線大喊：「別吵了！整天都在播音！快要把我逼瘋了！」那女生明顯聽不到她説話，使她更加怒火沖天。明欣一手抓住那女生的肩膊，把她扳過來面向自己。「什麼呀？」那女生一臉愕然，一頓間露出煩厭的表情。「把音樂關掉！」明欣扯高聲線命令。女生不服氣，仗着搖滾樂的氣勢，大喊：「我可是有交租的！沒有我們這些租客，你和包租婆如何生活下去？」屋內的環境根本不允許她們平心靜氣地探討問題，雙方的怒火像屋外的天氣一樣熾熱，彷彿只要兩顆沙子輕輕一擦也能磨出火光。「我不管！」明欣生氣了，似要將一肚子的委屈一次過發洩出來。「快把音樂關掉！」恰巧，一下強勁的鼓聲結束了整首搖滾音樂，女生一手拔掉音樂擴音器的電源，狠狠地瞪了明欣一眼，粗暴地踢開摺櫈。「這是什麼鬼地方？聽音樂也不行！發瘋的女人！我和老媽今晚就搬走！」

女生闊步走出房間，砰的一聲，用力把大門關上，屋子裏一下子回復寧靜，只剩下「客廳」裏的鼻鼾聲。明欣很想大力踹地，又或者把那煩人的音樂擴音器擲在地上，以洩心頭之恨。但她只懂死死地待在原地，像倒在地上的摺櫈。那摺櫈的櫈腳鏽迹斑駁，其中一邊缺少了黑色的防滑膠套。明欣看着看着，最後連生氣的心情都沒有了，倒是想哭。「剛才的一摔應該很痛吧？」「是的，但是我不會哭。」可能是明欣的錯覺，櫈腳上的鐵鏽好像不斷靜靜地延伸，一直往上擴散，在櫈面的木紋下蛀了一個無底洞。良久，明欣又不自覺地回到她的板間房。這次，她輕輕拿起電話打給到街市買菜的「包租婆」。

「喂？包租婆嗎？」

「怎麼啦？」

「我想退租。」

「衰女包！你瘋了還是傻了？」

電話裏頭傳來菜檔小販的叫賣聲：「好靚嘅菜心呀！靚女，埋嚟睇、埋嚟揀下啦！」明欣想起那雙紅色塑膠手套，以及一位母親。

「不，你聽錯了，我是説有租客想退租。」

「他媽的！又有人退租？哪一家人想要退租？好了好了，等我回來再説，街上熱死人了！」

明欣嗯一聲便掛了電話。蚊子嗡嗡地拍動翅膀，在房間裏繞圈，停落在客廳那男人的肚皮上。男人隨手一拍，拍死了一直纏住他的蚊子，轉過身子又睡去了，鼻鼾聲一起一伏地再度響起。可能因為剛才太激動，明欣忽然覺得很累，懶洋洋地跪在牀上，沉沉地睡去。

夏天很快便過去了，冬天如常地跳過秋天，信步而至。還是沒有人想起她的樣子，或記起她的名字。甚至根本沒有人能夠確定，有沒有這樣的一個女生在那個蟬鳴不斷的夏天存在過。反正，就算她真的在那兒生活過，都不會有人記得她，那個不能退租的女生。

給爸爸的信

楊康琪

爸，櫻花開了
你何時回家跟我和媽一起賞花？
你是不是又要加班？
隨信送上三塊花瓣
畫了頭盔的那片是你
畫了長髮的那片是媽
畫了眼淚的那片是我

爸，媽不准我到海灘玩耍
你何時回家跟我一起游泳？
隨信送上兩個貝殼
大的是你
小的是我

爸，媽生病了，沒有人陪我看紅葉
你何時回家？
隨信送上一片紅葉

爸，下雪了，你可以下班了嗎？

裝睡

黎俊延

電視機畫面繼續播放無人問津的粵語殘片。桌上堆積着花生殼，以及皺皺的馬經。電視機發出的微光把桌子拉長至牀邊。他躺在牀上的身軀，胸口時而脹起，時而平伏。口中碎碎唸着一些話。我瞄了瞄他「熟睡」的模樣，默默地返回客廳收拾地上的啤酒罐。整間房子只有閃爍不停的光、濃郁的酒精氣味和連綿不斷的抽泣聲……

從小我與父親的距離就很遠。這麼多年來，我和他從來沒有變得親近，關係反而愈來愈疏離。説到他，不能不提的是他高超的裝睡技巧。有次，我與他乘巴士外出。經過了數個站，一名約六七十歲的婆婆走近他的坐位。他一掃視到婆婆的存在，立刻閉起雙目，再將雙肩放鬆，把頭一側，便發出「咕咕咕……」低沉的鼾聲。整個過程並不足三秒。老婆婆見狀便走前數步，找個更好的位子。我即時把坐位讓了給婆婆。之後，他馬上醒過來，繼續研究馬經。

一次，正值寒風蕭瑟的冬至晚上，幾房人聚集在爺爺家吃一頓飯，二叔叔與三姑姐正聊着那個最近完結的連續劇。二嫂嫂跟二姑姐講自己大女兒到外國升學的事。而年輕一輩在交流如何讓遊戲通關。三伯跟大伯説起舊時那碗三元餛飩麪有多麼便宜、多麼令人垂涎。話題一轉，由餛飩麪轉到斷了的木棍，提到以前他們幾個小伙子被嫲嫲隨手拿起木棍追打的往事。一說到這些荒唐事，三姑姐也分享以前他們一起遍山跑的瑣事。一會兒，就連年輕一輩都靠近來聽叔叔伯伯的老歲月。大家說說笑笑，一片融洽熱鬧的場景，溫暖得仿似令人忘記當晚的嚴寒。

而他卻坐在靠窗的安樂椅，以一副令人懷疑的模樣睡着。原本是仰臥在椅上，但一說到那碗三元餛飩麪，他的手卻緩緩移到肚子上。講到被嫲嫲追打的事，他轉轉身體，換成側睡姿勢。話題轉至手足的荒唐事，他在哄堂大笑的時候，身體會抖動數下。

直至，嫲嫲向他大吼一句：「死叫化子，勿裝了！來替老娘做飯！」

他常常以萬變姿勢在不同場合中「睡」着，有時候他是真的睡着了，卻也有時是他裝得太無瑕疵。當然，也有「穿崩」的時候。任何人都有他做人處事的一套，也許這就是他獨特的處事方式，也許有些事令他喜歡「睡」，也許沒有人會了解他為何喜歡「睡」，也許從來沒有人去了解他，也許這些想法都是我為他辯解的藉口……

父親本來在本地做運輸工作，收入不高。之後，他的工作延伸到海上，要經常到公海上落貨物。海上運輸收入不俗，不過，也只是不停做、做、做……

可惜，他賺取到的錢多半會「進貢」到馬會。

一開始，家中樣樣不缺，麻雀雖小，五臟俱全，但自從他開始賭博，壓力便愈來愈沉重，而且，賭海的浪頭永無止境。家便變得愈來愈「簡潔」。馬季一開始，原本安放在廳中的安樂椅突然不見了，換成一張紅色的塑膠椅子；出乎意料地「明日之星」跑出第一名，又會少了一幅「時間」的仿造品，而變成了一幅「莫生氣」。馬季快結束，他手上又少了一隻戒指，賸下無名指第三節的凹陷痕清晰可見。隨着消失的結婚戒指，家中永久地少了一枝牙刷、一對睡拖鞋以及一份家的溫熱。

自此之後，他省了很多功夫，因再也沒有那叮囑他交水電煤費的溫婉聲音，也沒有叫醒他的溫柔聲線，再也沒有竭力維繫這個家的她。那聲音消失後，替代的是更多的鼾聲。不論是我上學前、放學後、假日期間，他七、八成時間都是躺在牀上。最初，我還以為他患了渴睡症。但，時間一久，我漸漸分得清楚哪些時間他是真睡，哪些時間他是裝睡。仍記得有一晚，我因兼職而晚歸，看到客廳遍地都是啤酒罐，也聽到微微的啜泣聲。我推開他的房門，窺探一下。看到的只有他顫抖的身體。那時候，他是那麼渺小、脆弱。我本想推門而進去安撫他一番，又顧慮他的自尊心。若他知道我窺見一切，會無地自容，自尊心必定蕩然無存。那一晚，我在他房前躊躇。心有被挖空的感覺，腦海中只有那重播不下幾百次的粵語殘片、那連綿不斷的抽泣聲和他「熟睡」的身影……

彼岸*

譚穎詩

我從來怯於提筆去寫，那些到了彼岸的、我所珍視的人，彷彿書寫是一種捨離，決定將他們視為紙片上的文字，而不是活在包圍着我的世界的至親。當我任性地選擇願意牢記的部分，便扭曲了他們的本來面目；然而，若悲傷是一盆放久了的水，記憶落入其中，被浸濕、褪色，最後腐壞，甚至溶解，我也無法不內疚。我惟一能做的是寫自己，從此到彼，寫一雙活人眼睛所看到的死亡，祈願他們多采人生自有更好的去處，不致囿於我薄弱的覆述。

回鄉總是一條畏途。每次回去難免要走進許多寬敞的居室，遇見許多闊氣的長輩，令我想起我曾經到過的一間玻璃房子，那房子的主人在契約上簽了字，便喜孜孜地用手指在空無一物的房子裏憑空比劃着，提高聲線說道：這裏將來會放一條九米高的古典柱子，歐洲進口，檔次不同。我順着她指的方向往上望，看見預留給柱子的位置是一個貫穿兩層的缺口，似乎直通天際；而那天剛好下着大雨，密集的水流便從缺口倒灌而至，先於柱子登場。在穿過大屋和大屋之間的空檔，我總會在其中一間房子稍停，撥開氤氳的煙霧，便會看到一個老人蜷曲着身體，像摺紙一樣被擺在客廳的歐式梳化上。房子蓋得很高，但這個老人應該再沒有機會每一層都走上一趟了；房子太大，行走太花力氣，於是臨別之時他喜歡待在地下，或到不遠的空地散步，以此充當值得期待的旅行。我叫那個老人做爺爺，他再不認得我也會充滿生氣的重複我的名字，除此以外別無其他。我想他既不愛念叨，也沒興趣談論任何事情。這個世界太大，日子太長，注視它是難免乏味的，畢竟他已過夠了百病纏身的生活。

我不只一次聽到他嚷着要死，不，是不想苟活。他總是疲累地撐起自己的皮囊，即使他已很單薄，也還是一副負重的臉容，就像被什麼壓了許久一樣。穿白色衣服的人把他綁在牀上，四周飄滿成分複雜的氣味，把他的嘴巴打開，插一些善意的喉管進去。這張嘴巴在我的記憶中是罩在一個白色紗帳底下的，在他自己安穩的牀上，一個愛他的人把他的嘴巴打開，塞進一顆金色的丸藥。他嚷着，讓我死，說話被咳嗽切斷得斷斷續續，讓我死。我已經很久沒有聽過他用「我」字，精準明確地傳達一個意思，不，下達一個關乎尊嚴的指令。愛他的人揪着心地餵了水，說，睡一覺吧，別亂說話了，你會長命百歲的。這在我聽來，無疑是最慈悲的詛咒。

這樣的場面我去過好幾次，最後一次趕去，看到虛弱的他躺在客廳一角的蓆子上，下方是兩條板凳和一塊木板，說是讓他在房間裏斷氣不好。幾個他愛的人圍在牀邊，幫他蓋被子，怕他受凍；同時在到處聯絡會唸經的人。他只是睡，偶爾翻身，深沉地呼吸。在大人散去之後，待着的就只有我和他的一個僕人，僕人坐得端正地望着他，重新將他水腫的手臂塞到氈子下面。他醒過來看着我呼叫，但一句話都說不出，又睡去了。溫暖的陽光打在他的身上，隔着窗，一跳一跳的麻雀在吱吱亂叫。

在另一個老人的房間裏，我第一次聽到了壁虎的叫聲。天花板上有兩隻，發出幼細短促的聲音，像是在爭論什麼；但當我抬頭一看，大眼睛和牠們的小眼睛對上，牠們便馬上屏住了呼吸，嗖地逃跑了。我知道牠們就躲在木縫中，不過為了活命而把尾巴丟給我。

當我換上了一身黑衣，壁虎便沉寂了一段很長的時間。行走的葬列輕輕唱着歌，我叼着草不遠不近地跟着，為了避諱，我必須扮作畜牲，於是我便成了葬列中一頭沒有主見的牛。我試着去找出草的味道，那是松樹的葉，像一根根軟而鈍的刺，從樹上折下來之後便沒有任何香氣。包圍着這個老人的是一堆白色的花，其中有我獻上的一朵。夏天的花不能久存，已經開始散發一股腐壞的氣味，這種氣味屬於植物，準確來説也稱得上清香；但香氣是過去了的，現在瀰漫着的卻是它更遠古的氣味，混合了泥土和萎謝的花葉。這是我第一次聞到的死亡，非常安靜，像是一場預演，一部分的我彷彿陪同着老人葬到地下，回歸到子宮一般的黑夜。老人生前最疼我，我們言語不通，但她聽得懂我叫她做婆婆。

我聽得懂的只是她的笑聲。爽朗、響亮而冗長，與我對她的印象相合。無論我做了什麼，她都以一樣的笑聲回答我，而不是傾談；因為彼此都不懂對方的語言，從來沒有説過有意思的對話，但我從沒忘記她胖胖的大手一把握住我的手腕，使寫着「一生平安」的手鐲深陷在皮膚上的形狀。走在街上她總怕我丟失，又知道我迷路會怕，便忍着汗濕不放手。她是個可愛的長者，總會開着電視，陪我看一些她不太聽懂的卡通。

爺爺過世時，我還未來得及看，他已被推進火葬口裏了，棺木據說是上等的木材。他在客廳中縮起四肢的模樣，在我腦海中越發清晰，甚至能聚焦到他手上的斑點，和那手腕一樣幼的腿脛。他已很久沒有靠自己的雙腿站起來，而出入醫院的次數愈來愈多。記得婆婆向她愛的人說過，將來你看到我痛苦，便不要救我。於是愛她的人便相當痛苦地勾銷了她的煎熬，挑了一張開心的照片放在她的墳前，並種滿橙色的石蒜，又叫彼岸花的植物。她少時離鄉，後來在當地扎根，想當然埋入該處的土裏，那裏一年四季都是夏天，而她也沒有考慮過回去。葬在陌生的家鄉裏固然相當可怕，即使那裏是她出生、成長、戀愛的地方，但她已離開太久了，故鄉甚至連夢裏的場景都談不上。她的葬禮請來了一個說閩語的牧師，在異地的親友之間，牧師用她兒時的語言講道，又用她兒時的語言，說她已經到了一個無痛苦無煩惱的所在。哀悼會站滿了白髮的人，他們的表情毫不憂慮，眉間夾着淡漠的傷感，似乎逝者去的地方不遠，只是她再也不會回來而已。大家於是在她的靈前唱歌、聊天、吃點心和鞠躬，排隊看她的身體。記憶中肥胖結實的她和躺在棺木裏的神態不同，稀薄的髮從額頭向後梳起，嘴唇居然還塗了唇膏，比平日不施脂粉的她更加豔麗；最後穿的衣服是一件女兒親手為她縫製的衣服，曾經在她參加兒子的婚禮時穿過，沾滿了幸福的氣息。我透過玻璃再看她一次，僵硬的嘴唇緊緊抿着，但彷彿用我不諳的語言向我說，你來了，沒看過這樣的我吧？這樣的我連我自己也從來沒有看過，真不習慣。我忍耐着不要嚼碎口裏的草，閉上眼在人羣中搜索她。她過世的時候我忽然從夢中睜開眼，心臟節奏不一地亂跳，一陣悲傷從牀沿淹來；第二天一早便得到她去世的消息，時間大概就在半夜。我相信可能有着細微的連繫，使得隔着海的我在一瞬之間收到了她的告別；但告別了之後就再沒有感受過她。在她的遺體旁邊，我看到她住過的身體，我拋出的目光像拋出的球一樣，卻沒有人把球打回來。她以往的身體、照片、言語，乃至兒女和朋友，都完全被她遺棄；我惟一能感受到的是，她已經不在這裏了。

自從爺爺病重被趕出自己的房間後，便一直過着流離的日子。他不能再自如地擺放自己的身體，像臉盆裏的鯉魚，總是張着嘴巴重重地呼吸，和一部故障的機器無異。這次我不用叼着草扮演畜牲，但給我摘過草葉的那些人又換了一個遊戲規則;家族中有喜事，人便不能下葬。那時成羣的長輩剛好有一二人建好新的房子，想必柱子也應該安放好；後輩之間又有人成家，遠房的親族添丁，馬上就要出生。我的爺爺從夏天起一直住在龕子裏，放在土穴的旁邊，過了秋天和冬天，馬上又要紀念他生時的周歲了。我想起他在蓆子上不安穩的說着囈語，又想到如今他排在兒女的喜事後面，那個摺紙一般的老人便又出現在我面前；他雙手抱膝，半蹲地立在未完成的墓穴旁，等一個能躺平身子的時機。

其中一個夏天我又回到婆婆的墓地，圍着她墓碑的彼岸花開得正盛，是跋扈的橙紅色。長輩買了兩籃節奏輕快的花，分別是紅色和黃色，邊提着花邊說，要是她知道你來了，一定很高興。我用她不諳的話默默向她問好，然後踏住剛生長的草離去。這裏來的人多，像一個派對的場地，草剛發芽又被踏滅了，陷成一條破碎的路。通往出口的路頗遠，我這次不用低頭行走，卻仍然出於習慣只看着腳尖前的路。路上有紅色的果子，成片的黏在一棵樹的下面，來往的人的鞋跟上總會沾上一點。長輩剛好拾到一個完整的果子，還沒被人踏過，便向我調皮的拋來，我沒有接到，果子一下掉在地上，滾了幾個翻身。他便説，這果子是蓮霧，你婆婆以前來這裏拜祭她的愛人時，會在這樹下等果子掉下來，裝在口袋裏在回程的路上吃。我用衣袖擦擦果子發亮的表皮，看到屬於她的食物長成她的身體，甚至長成一棵巨大的樹，從彼岸往此岸伸來，給我送一顆完整的果子。

* 〈彼岸〉獲「第七屆大學文學獎」散文組冠軍，曾收入《城市文藝》第八卷第四期（總第六十六期）（出版社：香港城市文藝出版社有限公司；出版年份：2013）

離婚那夜

楊瑞峰

窗簾的呼吸那麼沉重
你坐在小牀上整理衣物
摩擦塑料袋子的聲音　細小卻已填滿每一個角落
微微的歎氣
表達了你對丈夫的不滿　家庭的不滿　未來的不滿
而把這些壓抑　僅僅壓縮成一聲歎息
慘白的光吞噬你的眉梢
你忽然停下來
我看着你　像看着一幅最殘酷的寫實畫
白髮似是雜草蔓生在你的頭　抽乾所有養分
窗簾還是微微地呼吸着　像是惟一能置身事外的

年輕的朝氣早已散去
每天的生活　就只是生活
你把所有裝進心裏　但從不清理
忍受着所有賜予你的痛
竟希望反芻出他的一點溫柔　結果只是一陣噁心
你還是坐在那裏　安靜　和不知所措

我無法動彈

懷疑自己的心被破裂的杯子分割得零碎

新家的鑰匙　薄薄的一片　但似乎比

玻璃碎還

鋒利

茶缸子氤氳的煙早已消散

你把東西都收拾好

緩緩走出大門

你以為已把一切都帶走了

卻把自己　遺落在這小小的房子裏

冬至

馮美璇

一頭金蒼蠅，飛入客廳中央，在天花白色的燈管兩旁盤旋，撲閃着的微小黑影偶爾闖進我的眼瞼，毫無章法的飛行了許久以後，降落在即將要開展一頓冬至團年飯的飯桌之上。

姊姊從睡夢中醒過來。長期失眠的她其實可以睡得更久，可是冬至的晚飯是不容輕忽對待的，她掛着雞蛋大的眼肚惺忪地走去廁所，剛巧跟從廁所出來的母親碰個正着，二人形同陌路；在旁觀望的我則鬆了一口氣。

蒼蠅的世界大概沒有「團聚」的觀念，我非常理性地想：待在桌面上的是一隻沒有家人惦掛的蒼蠅，即使牠今天晚上橫死在這個房子，牠仍然只是一隻該死的蒼蠅，像某些被人恨惡的人一樣。想到這裏，我居然為牠感到悲涼，同時，又因為記起蒼蠅的腳是很髒的，對停留在飯桌上的牠又感到十分厭惡。

明亮潔淨的廳堂內，我跟姊姊跟一頭蒼蠅靜靜待着，媽媽把邊鍋端出來，放到瓦斯爐上。蒼蠅一躍就飛走了，空氣之中有一種隱形的病菌，無處不在的瀰漫着房子四周，我凝視沸騰着的水和翻來翻去的蕃茄生菜，心裏明白，我和我的家人已深深受到感染。然後，三個女人開始吃着一頓沉默的冬至飯。

母親終於按捺不住，絮絮叨叨地埋怨着姊姊對她的不友善、不尊重、不滿等等讓她感到屈辱，她不願被人看作仇人一樣在一個房子裏，她情願離開，或是姊姊離開，總之不要停滯於這個膠着狀態。「有沒有辣椒油？」姊姊沮喪地注視着碟子裏的豆腐，溫和地發聲了。母親轉身到廚房去，我就趁着這空檔不太自然地向姊姊嬉皮笑臉說：「別管她！一向都是這個老樣子……」母親又很快回到原來的位子，電視正播着譚詠麟跟李克勤主演的《左麟右李之我愛醫家人》。不久，媽媽的目光就被電視情節吸引而停止說話了。於是，我們都裝作十分平靜，十分專注，吞嚥着從火鍋中撈上來的滾燙食物，並沒有理會舌頭早已因為灼熱而變得麻木，嚥下的食物其實都沒有什麼味道。

偶爾，蒼蠅會在新鮮的食物旁邊嗡嗡地飛過，母親不時揮動握着筷子的手驅趕牠，而我則感到陣陣的胃痛。

飯後，媽媽二話不說進房間睡覺去了，睡在那一張屬於我和她的雙人牀上，層層的棉被包裹着她，母親很快打着鼻鼾沉沉睡去。為了不讓姊姊感覺太寂寞，我刻意留在沙發上看着無聊不相干的電影。姊姊把一件精美的蛋糕遞給我，我很飽，但我還是陪她一起吃了，此刻只有甜品能夠安慰她，我願意如她所願地給她一點安慰；縱然事實是：不論吃下多少件蛋糕，對她的情緒低落確實搔不着癢處。

小睡醒來的媽媽又在對小狗說話，準備帶小狗上街，正在趕着剪片的我掙扎了數秒，那麼冷的晚上一個人去放狗好寂寞哦！我決定陪她一起遛狗。

廁所傳來熟悉的嘔吐聲。

「我陪你去吖！」我說。「唔駛！」她兇狠地回答我。兩分鐘後，她又放軟態度對我說：「是不是跟我下樓呀？」

然而放狗的時光比我想像的難過；媽媽難得的有人願意聽她發牢騷，一口氣說了好多好多難聽的話。我覺得難受極了，我停下腳步，不再如影隨形地跟在她身後；我看着她的背影跟小狗愈走愈遠，一個女人，深夜，遛着一條狗，多孤獨的景象！心裏忽然能夠仁慈起來——嗯，媽媽都悲觀了這麼多年了，誰能批判她的思想謬誤呢？我討厭別人討論我媽媽的狀況，你又不是她，她嘗過的你並沒有嘗過，所有語言或文字都無法承載的某種悲哀，你不會明白，沒有人願意成為一個這樣消極厭世的人。

我站在原來的位置等待媽媽，在街上走了一圈，她的情緒似乎緩和一點。我把手搭在她豐厚的肩膀上，媽媽的個子比我矮，站着的時候她的眉心剛好到我的胸膛位置。我用力地摟着她，我相信，她能夠感覺到這一下摟抱的力量，她不像剛才的絮絮不休，我們肩並肩地走回家。

「啪！」蒼蠅的頭掉落在尚未收拾的飯桌上，蒼蠅的身子卻仍然在慌張地胡亂飛動着。我一邊替媽媽收拾着碗筷剩菜，一邊拿起一張桌上骯髒的舊報紙，朝着蒼蠅亂舞的身子撲過去，整個冬至晚上我最期待的 —— 用力一握！

「咔嚓沙嚓！」

正是這種聲音。

理髮

熊志洪

洗髮精的香氣飄散在這個店舖內，吹風機的嘈吵聲此起彼落，我坐在椅子上靜候。姊姊正在為一個小孩修剪頭髮，手上的剪刀不斷傳來刷、刷、刷的聲音，而小孩卻不斷在椅子上左搖右擺，奮力地反抗姊姊。而小孩身後的母親，一邊在姊姊旁邊指指點點，一邊安撫着小孩。

記得小時候，每當我和姊姊的頭髮長了，都是由媽媽親手操刀剪髮。在那廚房裏，媽媽會放上兩張椅子，一張高高的，一張矮矮的。姊姊不願意剪髮，每次都要媽媽強行地拉，才肯就範，一面以哀求的眼神望着我，我當然無能為力。媽媽每次都會將她的頭髮剪得短短的，直到中學，她也沒有留過長頭髮。有一年，剛吃完午餐，媽媽便拉姊姊去廚房，一手按着剛升中五的姊姊，一手拿起鋒利的剪刀，刷、刷、刷地便剪掉她剛蓋過耳朵的頭髮，看着媽媽的嘴角慢慢揚起，姊姊的頭髮已剪成了一個倒轉的碗。姊姊一照鏡子，滿臉詫異，不相信鏡子中的是自己，淚珠更慢慢地滾出來。媽媽對此已見怪不怪，只說了句「一時快手，多剪了一點，這樣倒好，容易打理。」姊姊卻大聲地喊道：「你騙我！」然後便跑進廁所裏。我記得那次她一直躲在廁所，直到爸爸下班回家，才滿眼通紅地走出來，撲進爸爸的懷裏。

那次以後，姊姊與媽媽的對話也愈來愈少，每次媽媽說話，姊姊總是冷漠地回應，便轉頭做起自己的事來。過了不久的一個晚上，爸爸因加班，未有回家食晚飯，姊姊埋頭做功課，媽媽叫了數次「過來吃飯」，每次姊姊只是「哦」的一聲，卻沒有離開書桌。終於，媽媽走到姊姊的身後，拉起姊姊，「你給我先吃飯！」姊姊敵不過媽媽，坐在飯桌旁，只吃了數口白飯，便再回到書桌上。媽媽氣得將家中的籐條拿出，拉着姊姊的手掌，直打下去。但我卻看到姊姊忍着眼淚，也沒有多反抗，只是默默地承受了那懲罰。此時，姊姊的頭髮已經長到了肩膀。

中五的暑期，姊姊在髮廊裏找到了工作，每天晚上回家，帶着洗髮精香氣的她總是躲在自己的房間裏，坐在客廳的媽媽，每晚總會看着姊姊的房門發呆。而姊姊的頭髮，亦慢慢地長了起來，更染上了不同的顏色，紅紅紫紫的。漸漸地，姊姊每月總會有數晚不回家睡覺，每當與媽媽見面，也總是不歡而散，有時姊姊更會氣得轉頭便走出家門，媽媽亦氣得對着門口大叫「走了便不要回來！」

姊姊拍了拍我肩膀，問我怎麼定了神，我搖搖頭，然後跟她說：「今晚回家吃飯嗎？」姊姊搖了搖頭，「你想要怎樣的髮型？我可不會像媽媽般，只懂剪短而不懂得剪好。」「隨你喜歡吧，你到底跟媽媽怎麼了？」「小孩子不用理大人的事。」說畢姊姊便認真地剪起頭髮來。

甫進家門，媽媽正把最後一碟菜棒出來，看看我，「到姊姊處修了頭髮？」我答了句是，便坐下只管低頭吃飯，把應説的話一同吞進肚子裏。只見飯桌上放着三份碗筷，坐在沙發上的爸爸也沒有説什麼，只靜靜地看着電視。「夾些菜吃吧，吃菜有益。姊姊她還好嗎？」媽媽問。我哦了一聲，説：「也沒有什麼。」然後從擺放得整整齊齊的菜心中夾起了一條，三扒兩撥送進嘴裏。「多吃一碗飯吧。」媽媽歎道。我應聲説夠了，便抽身離開飯桌，坐到電視機前的矮椅上，定了神地看着那不斷閃動的熒幕。

熬*

文於天

微晃，雨聲都落在牆上
屋子跟着晃動在故事
父親調了火，熬粥
滿屋子的氤氳
早上涼風透過看不見的縫
擦過腳丫，未乾的衣服
一件一件在吹風
我那被褥輕淺的牀
軟得像回南天的夜霧

前夜竟是一頁信
字裏行間，密密寫一間
小屋子，前窗晦暗
在紙上划行，組織字海
沒有岸的船
我說：父親，可記得
哪一年我們曾經對談？
風很高，吹奏着浮游的燈光
視線漸漸便渙散了

許多時候，憶舊成了符號
年歲的編目縫穩我們之間兩個
慢慢背離的形影
無從理解，這些年來
許多事熬磨得過於糜爛
抑或是誰稍稍地
搬走了圍坐的桌子？
對話無多，時間遼闊
我們粥粥飯飯，藉着用餐
僅是一種參差的圍攏
終會像背影一樣崎嶇不整
看不見彼此的項背

母親的隱喻在我們之間巡弋：
你們終將要發現
一根最稱職的釘子
也會在某一天彎掉在牆內。

鉚釘鏽澀，破的門
內裏或反面隔着最薄的牆
聽不見窗台外一樣的雨聲不一樣的凌亂
我看他獨自吃完粥
房間內，他算着馬匹的速率

寫了彩票，劃掉了又塗滿
一種對數字的幻想
拼湊着某種不可預知的好心情
近乎不能搆得着
給我們許諾過的新房子
無法承擔卻總如此輕描淡寫；
我又再看他，竟覺得他臉上
已皺如橘子皮
門的外面，他的神情
不能理解是什麼將我們深陷於牆內如一根
變彎的釘子，而他更不理解長大的兒子
為什麼總帶着一種遙遠的眼神
我知道是這樣，彼此竟已習慣沉默
和無來由的對峙
各自將生活裱褙，成段的犯駁
如飯鍋上晾乾的粥衣
風扇吹響它的邊緣

熬藥，乾枯的草木煎出一種淺白
藥從不送糖，糖是他的毒劑
帶着苦辛和鬱積
每一口都在腸胃之間積蓄
濃郁的氤氳繚於四周

焦黃色的氣味昏昏欲睡
我們擦擦胳膊，一再地
擦擦胳膊而過
只是父親為我熬了藥
奇異的樹皮、貝殼和昆蟲
熬成汁液，調理我混沌的傷寒
望不穿碗底的汁液依着燈光
旋繞，依着身體
無數的歧途旋繞
散佈到每個幽暗的角落

不止一次，觀察到自己
其實正在變成一間牢不可破的房間
一團頑固的污垢、一個孩子
並漸漸失去期限
便只是觀望四周的各種變形
變成一鍋冷粥
變成一張餐桌

早晨，父親展開報紙
如同讀信一般看世界大事
打開門，粥在餐桌上涼着
風扇吹響粥衣

藥在溫火中慢熬
這樣的時空好像不斷出現
直至發現我再次傷寒
直至被熬煮再三以後
聞到更苦更澀的焦黑
我看見釘子勾住了牆壁
實實地，無力地勾住

*〈熬〉獲「第七屆大學文學獎」新詩組亞軍

電燈泡紀事

胡冠東

那天下午我跟父親在街上擦身而過，他沒有發現我。而我老遠就望見他在漫步。他逐步逐步走近，瞇着細眼觀摩一個個懸掛在頭頂的廣告，那顆銀白色的腦袋就在我的注視下，自我肩膀晃過，像一頭老驢。父親要是知道我說他像驢，一定不高興，但他永遠不會知道，在一個陽光明媚的下午他兒子盯着他走過，還在心裏說他像驢。偶遇的一刻，只會像標本似的莫名其妙地被釘在抽屜裏，長時間無可歸類，貼不上任何標籤。而我亦不能解釋，為何在瞥見父親的剎那，我一下子就終斷了跟朋友胡扯，久久陷入沉默。語音隨風而散。

我想不到父親會出現，就在我前方的數十米遠，一段尷尬而且陌生的距離，我從未這樣望過他。他似曾相識，矮小的身影逐步接近我，洗得發白的淺藍色背心，無力地貼着他的駝背，胸前和左右腰側都縫上了一個土裏土氣的大衣袋。四個袋子雖然不飽滿，卻都有點沉甸甸的，不情願地向大地下垂，與那條筆直、闊大而吊腳的藍黑色西褲格格不入。眼前的人就是我父親，那個睡在我隔壁房間，曾經一到早上七時就出門上班，每天黃昏跟我坐在同一張飯桌前吃飯的人。此際，他只顧着看那些浮誇的廣告。一盞盞萎靡的霓虹燈還未發亮。我轉過頭，目送他的背影拐入繁華的大街。鬆垮垮的淺藍色背心，頓時顯得不安份了。

父親這幾年老得真快，有時我在天台和母親一起晾衣服，她會突然記起什麼似的提醒我，可是我總不以為意，只是透過窗戶看看挨在沙發上睡着的他。父親是一個七十多歲的老人，當了數十年水電師傅，他曾告訴我，祖父那一輩人都是讀書人，擁有田地。到了他十四歲那年，家道中落，他誠惶誠恐地從順德坐渡輪到香港，往後全部的青春年華都跟電這種看不見的能量拚命。離家那天，奶奶從渡頭送他上船的情境還歷歷在目。他說，那天奶奶臉上有一團烏氣，不是吉利的氣息。

抵港後，他在舅舅的電器店住下來。第二天一大早爬起牀就要學習接駁電線。舅舅每年只許他在雙十節放假一天，平日閒着無事也要他買菜做飯。為了寄錢到老家供養爺爺奶奶，他只有忍着委屈硬嚥飯。好不容易挨到惟一的假日，他一天之內總要跑去看幾場電影，沉醉在光影交織的「盒子」裏。

數年後，奶奶病死了，他拿着爺爺手寫的家書邊走邊看邊流淚，耳後不斷聽見汽車的響號向他狠狠地吠。父親說起這段往事的時候我們還未搬家，四個人擠在不到二百尺的斗室中吃晚飯，他說着說着禁不住放下飯碗掩面低泣。那是我第一次聽見父親的哭聲。

父親繼續說，有一年春節掉光了頭髮的爺爺來港看他。夜裏，父親從睡夢中驚醒，醒來就嗅到一陣焦臭味，他趕緊跑到廚房，黑暗中隱約看見爺爺只穿一件白汗衫，正蹲在地上，望着煤爐煽火，火都照黃了他的臉，還喃喃地嚷着要吃及第粥。父親亮了電燈，爺爺望着他，一臉茫然，到那一刻父親才得知爺爺精神已出了問題。往後每當我想像爺爺的形象，定會想到一個在火光中搖曳的身影，釘在潮濕的石屎地上，像掙扎、又像顫抖。父親還補充說，要是他老了，一定不會那麼一塌糊塗，他不想給年輕的一代帶來麻煩，他寧願選擇沉默。

父親說，後來爺爺想老家，嚷着要回去，父親不得不請數天假來送爺爺回鄉，在他坐船返回港途中不幸碰上海盜劫船，船身受到機關槍的連環掃射，他躲在座椅底下，耳朵嗡嗡作響，看着子彈射得鐵皮火花四濺，有乘客被子彈打得屁股「開花」。那一年，披頭四來港舉辦演唱會，正是他們身穿西裝大唱 *Money Can't Buy Me Love* 唱得歇斯底里的一年。父親也把頭髮留長了，每天往頭上抹髮乳，買了牛仔褲來穿，也許還學會對着鏡子吹口哨。許多年後的今天，我跟父親擦身而過，那天我先抵家，並闖入了他的房間，至今我仍不能理解那股衝動。一推開房門，藥油味撲鼻而來。房間內好像一無所有，實際上什麼都有了。小桌、椅子、窗台上都放了不少雜物：螺絲起子、電線膠布、話梅、保心安油、馬經、皮帶、還有半袋子貓糧。去年夏天，朋友的家貓生了一胎小貓，她送了我一隻，父親似乎多了個玩伴，每到下午兩時多，小貓就伏在門外對他叫個不停，向他討吃。我媽不許貓進屋，吃剩了飯菜就拿到門外餵貓，貓常嗅一嗅就走開。有一晚，我媽很晚才下班，身心疲憊，她看見魚骨原封不動，貓卻要討吃其他的。她一手抓起那碗魚骨，連碗帶骨扔進了廚房的垃圾桶。那一晚我家最後一點燈光在我房間熄滅，半小時後廚房的電燈泡亮了起來，房門門縫透進了少許昏黃的光，同時我聽見父親的腳步聲，垃圾袋的翻動聲，還有自來水流進飯碗的悶響。我半張眼睛，凝看着那束溫柔的燈光，正想到父親平日逗弄貓的光景，燈光就一下子熄滅了。

關於父親的種種往事，我所知道的原來少得可憐，大半是小時候聽他説的，那時我跟媽還未到香港定居，家中仍用那種黃得叫人昏睡的鎢絲燈泡。父親每逢大節日就回來探我倆，他腰背筆挺，右邊肩膀總是掛着一個深綠色的帆布袋，自街道的盡頭一步一步地走近家門。當我長得跟父親差不多高，他送了我一條穿過的淺藍色牛仔褲，我穿上了，覺得自己儼然是個大人了。那個年頭，他已改穿一條長至腳踝的黑色西褲，配一件白色短袖襯衫。他回家後椅子還未坐暖，便興致勃勃地拆掉家裏的鳥絲燈泡，換上放白光的「光管」。「光管」剛接通電，父親的白襯衫霎時白得刺眼，白得像地中海的太陽，這情景我有時候會夢見，直至我不得不把眼睛合上的時候，才醒來。

父親放在窗台上那台收音機沒有關好，我偷偷摸摸地鑽進他的房間，隱隱能聽見電台正在播放許冠傑的歌，我隨手把它扭熄，想了一想，又把它扭開。窗台下有一個紙箱，裏面胡亂放着一些錄音帶和螺絲。我蹲低身一看，錄音帶封面是一張剪裁得恰到好處的筆記薄紙，上面寫了一些披頭四的曲目，都封了厚塵。牆上的一排鐵鈎掛着父親的老套衣服，最末端是我那件落伍的黑色外套，去年我本想把它扔了，父親卻硬要搶到手裏。我亮起一盞小小的牀頭燈，這裏的每一盞燈全都接上了活動臂架，伸縮自如，對我來說，它們的模樣也粗糙滑稽，但很貼身，能夠追隨父親的一舉一動。只是對於房內一條條電線的來龍去脈我可完全摸不着頭腦。

直至聽見父親從衣袋掏門匙的聲音，我才匆匆關了牀頭燈、竄出客廳、按下電視開關、躺在沙發上、繞着二郎腿假裝看電視。父親走到廚房放下買回來的菜，拿出一個「慳電膽」，搬來木梯架在客廳牆角。我抬頭望着一個傴僂的身軀爬上木梯，這就是父親所擁有的身體，我竭力記起他的年齡，貪婪地盯着那件鬆垮垮的淺藍色背心，搜括它的大袋、已洗得皺起來衣領，令人想到剝落的乳膠漆。父親整個軀殼連同他的年代，或許都被掉進了乾衣機，現在已萎縮成一小團。

我忐忑地仰望他扶着木梯的頂端，他撐直駝背，正要拆一個壞掉的電燈泡。手腕才剛用力，竟不受控地搐了一搐，燈泡脫手掉下。

我連忙掩着耳朵轉頭望向窗外。父親想必以最嫻熟的姿態站在梯子上，紋風不動，縱使許多年後房子塌下來，新式商店林立，外牆架起參差不齊的商業廣告，他依然保持着這個姿態。

外面天朗氣清，我愧疚得面紅耳赤，燈泡的爆破聲響了一遍又一遍。

胡燕青讀評：流質的一代，誰能定義？

第三輯

晃蕩的一代

流質的一代，誰能定義？

胡燕青

　　重看這一輯作品，我心裏冒起一個意念：這一類寫今日年輕人的題材，縱然是名作家也未必能夠掌握得很好。成年人即使擁有一個面書戶口，即使也唱K，即使經常互相WhatsApp，即使也談過戀愛、當過邊青，也無法如此精準活潑地描述他們的生活感受和思想底蘊。如果要我用一兩句話來概括這些作者的表現，我會寫下「深刻的反省、冷靜的眼睛」十個字。

文章	頁數	讀評
面書 林詠珊	138	〈面書〉裏的阿恩，是個雙失少女——升學嗎？成績不夠好，工作嗎？動力不夠高。睡覺睡到中午才起牀，起牀時只顧問母親拿吃的，那時，「母親正綑起一疊疊的報紙，彎着腰把報紙放進一個龐大的膠袋」，可見她的家並不富裕。她讓自己活在面書裏，以「更新狀況」來證明「個人的存在」，以「讚好」來維繫虛假的「友誼」，又以另一身分來「讚」自己，好為這「個人的存在」提供充分的理由。面書以外的真實世界，她卻統統避開、不敢面對，例如怕舊同學發現她已經沒有讀書，就躲着她們。「面書」之所以有此名稱，也許想網絡兩端的人可以「面對面」地說話，但大概連創辦人都沒想到，這樣的「面對面」，竟發展成「面具對面具」的假象，實在很諷刺。林詠珊指出的問題，是幾十年前的青少年不會遇上的。那時年輕人的活動是打球、遠足、開 party，至少人與人還能在真正陽光下、月色裏或燈光中互相認識。
緊急出口 林秋怡	141	唱K是年輕人常有的社交活動。舉凡有人慶生，訂婚，考進大學或完成了某次的考試，甚至無所事事、忽然起哄，都會去唱K。但林秋怡筆下真實的K房，幾乎讓她窒息。煙味、香

文章	頁數	讀評
		劑彼此衝擊，也衝擊鼻孔，「隔音的牆外」那些「缺調的清唱」彼此虐待，也虐待耳朵，而「這裏空氣太重」，使她連呼吸都感到困難。結果，在廁所裏看見的白油塗鴉（很可能是粗口呢），竟然清新得成了詩；對她來說，K 場裏面完全找不到樂趣。但到底為什麼年輕人對唱 K 這種活動趨之若鶩？也許人人都想成為舞台的焦點，而發明 Karaoke 的人覷準了這種自我中心的傾向，就為他們實現了「夢想」。人聽自己的歌聲從來聽不出走調（聽出就不會走調了），走調的皆是「別人」。悉透這種巨大的自顧偏差（self-serving bias），清醒的人無法不感怖栗。林秋怡所寫的，應該是真實的經驗。身處其中，她的反省能力和清醒指數可謂相當難得。
嘉儀 鄭婷	143	〈嘉儀〉是個中學女生。她和一眾友伴都無心向學，在快餐店內隨便玩樂，在公園肆意欺凌情敵，平日男女關係亂搞一通，不出格的事情不做。鄭婷寫來，卻平平靜靜的，筆鋒小心翼翼地躲開了一切誇張或煽情的誘惑。她的呈現技巧已經登峰造極，其平和語調跟嘉儀一黨的極度叛逆一併合，就發放出強烈的能量。娓娓道來的許多細節，能使人一面看一面暗暗驚呼：

文章	頁數	讀評
		例如嘉儀和「我」的親暱，女孩子彼此掀對方的裙子的瘋狂遊戲，宋蘭同時玩弄林仙、追求嘉儀，更想連「我」都搞到手的野心……都讓我們吃驚不已，這還不止，我們還看見嘉儀和「我」抓住林仙搶她的避孕藥吃，上班族撐着西裝躲在公園裏哭泣，幾個人走到一輛貨車的駕駛室玩……讀着，讀着，我們不禁要問：我們的年輕人真的這樣無聊、如此絕望了嗎？怎樣才能讓他們擺脱困囿、讓他們感到幸福和振奮，重新回到正軌上？鄭婷這個描述邊青的作品，我拿給大學生看，他們都很佩服她的敏細和精確，部分同學更認為這個小説比名家之作更優秀。
祝賀 布正峯	146	〈祝賀〉是極具洞察力的小小説，讀者可從最微細的事情見出都市人之間的薄弱關係，和這種關係帶來的意外的「工作」。幽默，是布正峯與生俱來的優勢。主人公小李生日之時收到不少祝賀短訊，這卻沒有讓他感到喜樂，只教他忙個不了。在萬萬不能開罪或怠慢「朋友」的大前提下，小李無暇享受友誼的祝福，只能手忙腳亂地「回應」對方的「動作」。小李很講禮數，也很會算數，即使對方與他只是「萍水相

逢」也肯為他「耗費指力」，他還是要計算回覆之時是否須要付款；若對方寄來了親切短訊，卻沒説清楚自己是誰，他儘管不知道來者是何方神聖，還是要想辦法用同樣親切的語調「虛約」對方「飲茶」，扮作相熟。「絲絲姐」也寫來了——啊！昨天是她的生辰，而小李竟忘記了送上祝賀，可見他對這位「經常照顧他」的同事有多「上心」了！醜婦終須見家翁，無法掩飾了，他只好硬着頭皮寫一個長長的回覆給她，扮作關心、內疚。他這樣做，是因為「禮多人不怪，繁文縟節不能少」，而非真誠後悔。整個故事雖然只有六百多字，但把人的寂寞、虛偽和做作，把這新一代的「負擔」寫得很透徹。我一面細讀，一面苦笑。不知什麼時候，我自己也成了是小李，經常在網路上營營役役地在「續紅樓夢」，「年輕」起來了。

現代愛情故事 148

潘冰婉

潘冰婉説了一個不大好懂的愛情故事。為什麼不好懂？是寫得不好嗎？不是，是內容太驚人了，我們的想像力一時難以冀及。這裏面有一個男主角和兩個女主角，姑且稱之為甲先生、乙小姐和丙小姐吧。甲先生和乙小姐同居，又在網絡上認識了丙小姐。他和乙小姐已經

文章	頁數	讀評
		沒有多少感情可言。乙小姐對他也對膩了，就出去找尋另類的伴侶（女朋友）來消閒，結果她找到了丙小姐，而且「愛上」了她、纏住了她。終於，丙小姐也玩夠了，只覺乙苦苦纏住自己，不勝其擾，就約其網路知己甲先生出來扮演自己的「男朋友」，好讓纏身的乙小姐死心。終於，同居的甲和乙，有着「女同志」關係的乙和丙，以及正在網路上「漸墮愛河」的丙和甲碰面了！冰婉要諷刺的是現代男女對愛情的態度自私和輕率，他們甚至要嘗試一下不同性別戀人的滋味，要麼立時同居，要麼即刻分手，要麼奢望左右逢源，完全不顧念對方感受。冰婉輕巧地利用倒敘造成懸念，然後把複雜的關係慢慢拆開、慢慢解說，讓讀者漸行漸近，也慢慢感受到鬧劇背後的悲哀。荒謬邪淫的現代，使人懷念對錯分明的古時；氾濫的「愛情」，使人嚮往一生的忠貞；故事的虛浮，使人看清真相的難堪。這是個完整自然而技巧高超的短篇小說。
水葉的凋圖 王心靈	155	〈水葉的凋圖〉是個更加難以解讀的作品，寫的是信仰的靈程。「詩篇始於溪水旁 / 我是一棵要結飽滿果子的樹——」王心靈引用的是舊約

文章　　　　　　　頁數　讀評

《聖經．詩篇》裏的第一篇，其內容說，敬畏上帝、喜愛上帝價值觀的人，就好像水邊的樹一樣，從不受乾旱困擾，樹上結滿果子。但是，詩人發現自己開始拿這種處境作故步自封的藉口，因此毫無成長。「凋落」的「葉子」看似失去了福分，原來卻是真正追尋的開始。「蟲蛀的圓形破口和撕裂的弧度／痛感無以名狀」——「凋落」的過程卻是不好受的。那麼，為何要踏出這樣的一步？因為詩人發現自己於枝繁葉茂的樹上藏身，原來是缺乏往前行走的勇氣。「內在的貧乏與弱小從來不是單純／怯懦的沉默隱藏言語的笨拙」。終於，她選擇從樹枝凋落，「惶惶然撿拾飄然落地的情緒……思考生命的開始，與終結」。然後，奇蹟發生了，就在掉進水裏的一息間，她變成了一尾魚，獲得了新的生命。這個作品寫的是重新上路的堅強和意志，語言華麗卻清新，溫柔卻充滿想像力；末句的「水窮處」和「水深之處」，精要地指出困境的表象之下上帝龐沛的恩典。這是一首優美的抒情詩。原來這一代的年輕人不少仍然具有靈性深度，只是比較膚淺的那一羣喜歡張聲喧叫，以致我們以偏概全地忽略了其他人而已。

文章	頁數	讀評
司機與乘客 歐礎賢	157	歐礎賢的〈司機與乘客〉跟我們開了個小小的玩笑。一個年輕人在雨夜登上了一輛召來的計程車。的士司機和他展開了一場看來不十分友善的對話。讀者漸漸發現二人之間的張力愈來愈大，當中還涉及曇花一現的內疚和憐憫；但司機最後總是讓步—— 他對這個不甚禮貌的乘客表現出一種無可奈何的關愛。原來，召車「夜蒲」的青年是司機的兒子。礎賢刻意先把我們的眼光調節到一般「司機與乘客」的關係之上，讓我們都來「評評理」。我們發現青年有點無禮，司機也不十分客氣。然後他們的父子關係逐步浮現了。我們驚歎：原來如此！但是，為何「司機與乘客」式的對話於「父子關係」中看來更合乎現實？年輕人到底如何看待父母呢？不説自明。礎賢這種「逐步揭盅」的方法，營造出強烈的聯想——「司機與乘客」的不客氣暗示了「父與子」應有的親愛，「夜蒲」兒子的不長進強調了「熬夜工作」父親的辛勞，一閃而過的「孝心」對照出習以為常的「叛逆」……作者的思想精密而深刻，於此可見一斑。

文章	頁數	讀評
賴牀 吳遠智	159	〈賴牀〉一文靈巧自足，一方面描述年輕人賴在牀上不起來的精神狀況和心態，一方面把賴牀的經驗延伸到生活上，最後更發出「寧願在牀上多賴牀，也不要留到生活中去賴」的智慧之言。假如我們把「賴牀」習慣放置「於生活的種種。早已到了出門的時間，卻還要坐下來看看魚缸裏魚兒的動靜。明天要交的那篇散文還未作好，卻還於半夜漫遊網際……」就不免「本末倒置，永遠沉淪在那十分鐘又十分鐘的自欺欺人得過且過」的浪費之中。作者對「賴牀」深有體會，充滿深刻自省和延伸想像，既充分體諒人性的懶惰，也明確指出任性的後果。「賴牀」同時是孕育創意靈感的時刻，乃保育真假相接的「太虛幻境」之方法，最後更提出以「意志」來調控「賴牀」的品質，實在非常有趣。吳遠智文字奔放，思考精密，令人莞爾，在年輕人的作品中，這一類的散文真是難得一見。
美 黃敏莉	162	黃敏莉的〈美〉說的是更抽象的概念，寫法卻非常寫實。女主角寶藍從小就把心思放在美貌之上，日子有功，她真的愈來愈美了。就這方面而言，她的啟蒙老師——母親——已經望塵

文章	頁數	讀評
		莫及。寶藍並非天生絕色，但經過多年的自我調教，終於成為眾多男生追求的對象，同輩既羨且妒的美少女。她曾經嫉妒過天生麗質的小女生楊楊。小學高年級，楊楊美貌已經冠絕全校，本可以一直「美」下去。不見多年，寶藍已經趕上了、甚至超越了她嗎？我們不知道。敏莉只告訴我們，寶藍這位惟一強勁的對手原來早已退出比賽，靠自己的實力面對人生：「她在街上碰見楊楊。楊楊穿着西裝，頂着一頭黑髮……」原來楊楊正趕去見工，所以她們沒有多談便走了。兩個女孩走上了截然不同的路。楊楊去打工，而寶藍的優美和吸引力卻成了她惟一的財富。讀大學的日子，她利用自己的樣子騙飲騙食，連作業都要追求她的男生去做；選男伴的時候，她再不計較自己是否喜歡對方，只要他有錢便好，「反正，這是她的目標」。敏莉的含蓄輕盈的筆鋒愈挖愈深，最後已鑽探到女性的自我觀照了。
人民之歌 黃曦晴	168	黃曦晴筆下的〈人民之歌〉有兩首：一首是百老匯音樂劇《悲慘世界》（改編自雨果的原著）最膾炙人口的插曲 *Do You Hear the People Sing*，在作品中出現過的，另一首則是香港百

姓的日常生活——二者皆是人民唱的歌。前者的革命豪情，後者的尋常里巷，互相穿插，形成了這個作品形式上的特徵。這個小說的第一個重要場景是2012年「反洗腦國教」運動現場的深夜，另一個是平時廟街的冬夜。第一個象徵人對理想的堅執和團結的幸福。但這種巔峰經驗無論有多高，依然受到限制：「清晨來襲，很多眉頭深鎖的臉容便悄悄浮現。好些海報黏力不夠，紛紛脱落。中學生脱掉汗濕的黑衣，換上校服又疲憊地上學去……」清晨是人必須醒來的時候，眾生又落入生命中種種瑣碎的圍困。阿杏在廟街唱着的《分飛燕》描述的正是羣眾散入蒼生，隱匿求存的事實，即使「我」的肚子也不容人不先思想一下香噴噴的煲仔飯。然而，我們都曾經在某個夜裏燃燒過，畢竟「我看過人羣所能創造的一切可能性，瑣碎如張羅牙膏的着急情節居然足以打破陌生人間的隔閡……」的一刻，生命從此已不一樣了。曦晴的文字有很強的感染力，無庸置疑。

從無聊透頂的邊青到追求靈性深度的信徒，從反國教的革命少年到只有電子生活的職青，從活在面書裏的失學少女到賴在牀上思考賴牀真義的哲學小子，我們看見這一代年輕人的種種面貌。不但看見，而且深受他們吸引和啟發。如果你習慣輕率把青少年定性為「比不上我們」的一代，我邀請你先放下成見，看看這一輯作品為你打開的每一個窗子。

面書

林詠珊

樓下的中小學相繼響起午息的鈴聲，孩子們喧鬧的笑聲如浪水般推開，一波未平，一波又起。她終於耐不住從牀上坐起來，有點煩躁地搔搔頭髮，左手撥開牀上的衣服堆，一把抄起那冰冷的硬殼，她瞇眼看了看手機，有兩個短訊、三個面書通知。她輕輕跳下牀，按動電腦開關，才走出客廳。

她看見母親正綑起一疊疊的報紙，彎着腰把報紙放進一個龐大的膠袋。她走進洗手間仔細地梳理她的頭髮，她對着鏡子問午餐呢，客廳良久才響起一句回答：「在廚房，自己拿。」接着，外面響起砰的一聲，顯然是有人粗暴地關門了。

梳洗完畢，她輕快地蹦入廚房，想着今天要做的事可多了，先要回覆面書的留言和手機短訊、上載早兩天生日派對的照片到面書、追看最新一季的外國電視劇……可是當她看到那一窩黏稠的黃色糊狀物體，她的面色立刻變得像包青天一樣黑，她很快便發現這是昨晚餘下的麵條，然後當機立斷把這窩嘔心的東西全倒進垃圾箱。

她重新回到房間，立刻登上社交網站，她先是回覆了幾個留言，接着發現了幾個朋友都更新了個人照片，她把照片逐一放大，嘀咕着那幾幅濃妝艷抹的照片真醜。話雖如此，她相當知道禮數，立刻讚好，按鍵在屏幕上飛快地點擊。有個舊同學上載了一幅自拍照，照片中的女孩嘟起嘴唇佯裝苦惱，下面有一行文字「我生病了，好可憐啊。」她不屑地留言「生病了還有閒情上網？」她想了想，又覺得不妥，做人還是厚道一點，便把留言改為「好慘啊，你要好好休息。」

屏幕上的畫面陸續更新，她看到有個曾經相熟的朋友更新了近況，本能地按鍵讚好，以示關心，卻瞥見她寫道「昨晚凌晨三點，奶奶終於離開了人世……」她立即取消讚好，改為留言安慰這個朋友，卻驚訝地發現這個近況竟有二十人讚好，她詫異於自己的驚訝，但霎時想不出有什麼問題。

接着，她看到面書上的生日提示，可是她想不起照片中的人究竟是誰，也罷，應該是認識但早已沒有聯絡的舊同學，她留言說了句「生日快樂啊！」還不忘在生日快樂之後加了笑臉符號。她陸陸續續又看到幾個朋友上載一系列的美食照片，看得她雙眼發光。

一陣突如其來的鈴聲響起，打破了一室的寧靜。她的手停頓了一下，這個時候有誰會找她？「喂！你起牀了？你也沒事幹吧？幫我買飯盒。」父親說完這一句便掛線了，她惱怒地把電話扔到牀上，然後不情不願地換衣服，臨行前還不忘化妝，以防碰到哪怕是任何一個舊同學。

她經過一所中學時，不自覺低下頭，一陣刺耳的笑聲在她身後傳來，她望向那兩個從校門走出來的女學生，愣了一下，隨即加快腳步，只想立刻在這熟悉的街道消失。她有點怨恨那個喚她出來買飯盒的父親，她只覺地上的磚頭路怎麼好像變長了，那一個個長方形的階磚看得她好不暈眩。她發現那陣陣喧笑聲在她身後停頓了，身後響起聲音叫了一聲阿恩，她裝作聽不到，飛快趕過了馬路，任由那句阿恩遺失在街道盡頭。她突然想起那套瑟縮在衣櫃深處的校服，想起那遙遠的下課鈴聲，意識到自己已經再穿不上那套校服。

她喘着沉重的氣息，回到那狹小的房間，然後她這才安心地頹坐在電腦桌前。面書上赫然彈起數則新訊息，「阿恩，我剛才看到一個好像你的人……」，她這時回復了精神，很快便回了句「哪有，你看錯了」，她下意識加了句「我才剛放學，還在學校。」她覺得這樣還是不夠説服力，便從網路上找到了一張中學教科書的照片，照片中是厚厚一疊教科書和作業，她立刻上載到面書，往下加了句「一開學便很多功課，真可怕。」

她有一個祕密，就是她擁有三個面書帳戶，其中只有「阿恩」這個戶口是常用。她登出了「阿恩」這個常用戶口，立刻又登入另一個叫「cathy ng」的戶口。她用這個戶口在「阿恩」的照片下讚好及留言，「我一看到那堆功課便頭痛，各位同學努力」。她勾起一個疲倦的笑意，客廳大門傳來窸窸窣窣的鑰匙聲，想來是父親回家了，她抬頭看見時針已跑畢了兩圈，這才想起自己還有很多任務沒有完成，例如那未回覆的手機短訊、那齣還未追看電視劇、那些還未上載的照片。

緊急出口

林秋怡

煙味隱約在香劑之後
我藏在黑色的一角
燈被慢慢關掉
面前的光影更耀眼
待會吧，其實我不會唱歌

歌聲隱約在擴音樂曲之中
想法藏在話題的一節
陌生感被融掉
我們以後的距離更遠
喝一口凍華田，避過友誼目光

想唱誰的歌呢？不用害羞呢
我微笑，努力呼吸將自己藏在更遠的黑暗
還有多少時間呢？付了錢還是認真點好
對面那人繼續把一個又一個字幕字吃掉
房門上的小燈箱向我揮手

這裏空氣太重，讓我去一下廁所

我沿走廊經過一間又一間發光小黑房
坐着的人都成為了陳奕迅容祖兒鄭秀文方大同
而隔音的牆外只餘下缺調的清唱
我走進廁所，細細欣賞門後的塗改液詩歌

嘉儀

鄭婷

掌心沒入風衣袖口，剩下來的五指如同一把收束的傘骨搭在桌面，很小很小的。同搭在桌面上的是分成兩邊的長髮髮尾，直髮嘩啦嘩啦地傾瀉至此後順着平面堆積為一些柔軟的彎度。黑髮靜下來時，是另一隻手的手肘。前臂撩動一邊的直髮，那顆手肘一下就尖銳地抵着桌面，往上，手腕找出隱在髮間的鈍角錐體狀下巴，動作粗暴地托住了。一顆在尖白下巴上的痣因嘴角揚起而向左移動。嘉儀向着我前傾，倚着街景隨意笑了笑。我一腳蹬上桌腿借力連人帶椅向後拖，起來把沒做完的作業丟給隔壁別的人，便過去坐到嘉儀那邊的長椅。桌面下，嘉儀的校服百褶裙折疊梳理清晰，流暢的一角延伸過來與我的同款校裙，連成波動的一片白。

只是她們也沒怎麼好好做作業，晃着光滑的腿蹦來跳去的，十幾個人共用着四部隨身聽，耳機線凌空交錯亂搭。一顆響着電子樂的耳筒拋到我身上，又給我扔了回去。嘉儀因正對着冷氣機出風口而散發着低溫，我掰開左眼眼眶，給她看眼球上的粗微絲血管，我覺得嚴重睡眠不足，精神衰弱。她看看，順手用指甲精確地擠出了我額上的一顆「酒米」。她的臉和手指在靠近的時候遮住了身後窗外的街景，街上有巴士站，站着的人分不清是在等車還是等人，還是只是停下來等天色變化，陽光很好地順着風。其他人隨着我聽不見的音樂邊抖着大腿，邊隔着玻璃對街上的人做各種手勢和表情，無論得到什麼反應都大笑。最初是小令，掛着兩顆不是同一副的耳筒，被推了一把後立刻反彈去掀行兇者的裙底，然後加入的人愈來愈多，所有人的裙都前後地被掀開。被掀開的校裙波及這整個麥當勞從主廳拆出來的分隔餐區，好幾次褶痕完全開展的鋒利裙緣貼着桌面劃過我們身邊。有兩襲裙迅速萎落，從人羣的邊緣無聲退到被禁止進入的陰暗生日會預備區，然後雙雙滑入桌子下面。這時候，小令跌躺到我們這張桌面上喘氣，仰起的下巴也是個鈍角錐體。我伸手去摸她平躺着的、青白的臉。

宋蘭來了後，我讓他去給嘉儀買個套餐，給我帶杯雪糕，他應了一聲，坐在嘉儀的另一邊與她耳語。嘉儀剛替我修完指甲，仍拉着我的手，手指一根一根地與我的扣着，脊骨一向挺得筆直，只有頭靠着宋蘭的肩頭。宋蘭偏着頭細細地不知說着什麼，要抱嘉儀的腰時手臂範圍圈大了，幾乎把我也容納其中，我把他的手打掉：「有完沒完呢，那女的你解決了沒有？」

顯然是沒有，還是我對林仙說：「宋蘭跟你沒戲了。」嘉儀扯着林仙的頭髮看了她仰起的臉一會兒，便不感興趣地放手了。我也覺得林仙不怎麼好看，不能跟嘉儀比，只是有一頭濃密的長髮。放學的路上我們遇到她，被我們堵住後她站定，披着的頭髮比肩膀稍窄，比腰身稍寬，與裙襬一起搖晃。我們穿過幾棟居民樓，沿着數段時斷時續的臨街小店舖到了公園，卻看到幾個上班族在這樣的辦公時間撐着西裝躲在那裏哭泣，頓時沒了興致。公園在居民區的最外緣，坐下來時可以聽彼此的呼吸，站起稍稍探出花圃上的灌木就會看到幾條連續的車流，龐大的道路系統硬生生切割了這區對外的關連，露出居民樓羣受傷似的橫剖面。上班族只管流淚，我們沒也辦法，往內越過又幾堵灌木叢，才停在向居民樓開放的公園外沿。我把林仙推到長椅上，在二樓窗邊晾衣服的婦人一邊上衣夾，一邊向我們大聲打聽剛才在公園外馬路發生的交通意外。

嘉儀放開林仙的頭髮，去翻林仙的書包，扒拉出幾本書、水壺、藏在筆袋內格的一排避孕丸，挑開錫箔紙吃了一顆，然後搜出錢包。我從林仙垂着的臉往下摸，找到她裙兜裏的手機，寄件匣裏有這麼一條短訊:「今夜有月光。」哈，什麼意思，我笑出來了:「你以後就天天自己一個人看吧。」嘉儀也笑，彈着原來在錢包裏的一張宋蘭林仙的合照，向一個抽煙的路人借火機燒了。嘉儀和宋蘭開始在一起時是知道林仙的，卻沒到看過他們並排，還臉貼着臉的樣子。那天在路邊走過，在一旁卸貨的司機叫住我們三個，讓我們幫忙守着貨車不要被抄牌。嘉儀爬上駕駛座把播放着流行曲的收音機音量扭大，跳下來後去拉宋蘭的手，說你甩了林仙跟我在一起吧。當時我打量着我掛在胸前的書包，和嘉儀背在背上的書包，心想要是我要從背後抱住她，我的手臂到底夠不夠長呢。

祝賀

布正峯

就好像整個地鐵車廂裏的獨行乘客一樣，二十出頭的小李也會點撥自己的手提電話。小李看見有位不怎麼相熟的彤小姐給他發了個四字短訊「生日快樂」。小李自覺大家萍水相逢，她竟然肯耗費指力祝賀自己，實在有心，所以小李給她回了個兩字短訊「謝謝」，並慶幸 WhatsApp 是個貼心的免費通訊程式。

此外，有位名為 +85260628973 的先生或小姐也給小李發了個短訊——「嗨小李！祝你上下班日日準時，看電影部部精彩！生日快樂！」小李看訊息內容，認為此人對自己的作息習慣、日常興趣都相當了解，造句又肯花心機，該是老相識。可惜小李半年前換電話的時候遺失了部分電話號碼，所以他只能給 +85260628973 回了個六字短訊「謝啊！得閒飲茶！」，並矢志靠自己的力量追查 +85260628973 的身分，免得人家傷心。

如是，小李今年再次確認了一個事實——收到十個祝賀，並不會十分快樂。寫祝賀文如寫《紅樓夢》，是文學創作。寫答謝文，雖然都是文學創作，卻如續《紅樓夢》——未必討好，肯定吃力。因此，他是打從心底裏不介意任何親朋戚友不給他發生日快樂短訊的。

回覆了幾個短訊後，小李繼續點撥點撥，期間收到好同事絲絲姐的祝賀。小李心頭一震，想起昨天是絲絲姐的生日，這兩天公事繁忙，竟忘了跟絲絲姐說聲生日快樂。由於小李沒有宗教信仰的關係，所以他懊悔地念了聲「OH MY DOG」，卻沒想過他家裏其實也沒有狗。

小李認為，絲絲姐在工作中時常照顧自己，禮多人不怪，繁文縟節不能少啊，於是埋頭埋腦地寫起短訊來，這麼一寫，就寫到車長請所有乘客下車。而正在跟爸媽吃飯的絲絲姐收到小李的祝賀，飯後少不免又要續《紅樓夢》了。

現代愛情故事

潘冰婉

他踏着輕快的步伐，推開餐館那扇純白的門，眼光在店內梭巡數秒。「嗞嗞、嗞嗞。」放在褲袋裏的手提電話急速震動，像呼喚着誰來拯救它的被動和無助。他趕忙掏出電話。

「喂，妳在哪？」

「笨蛋，看不見一個可愛的女生在招手嗎？」

他遠遠看見一個女孩，眨着機靈的星眸，大幅度地揮動右手，臉上的笑靨爬滿陽光的力量。他不自覺地加快腳步，想捉緊那朦朧卻實在的幻影。

女孩對面也坐着一個女孩，背對着他，所以他看不清她的臉容，但他早知道今天會有第三個人在場。

「他就是我的『男朋友』。」加重力度的三個字，說得多麼清脆。女孩站起來，親暱地環着他的臂膀彎，把他拉到餐桌前。

坐在對面的女孩剛把淚拭掉，抬頭迎向他的目光。「啊……」她跟他的反應如出一轍，嘴巴微微張開，卻發不出半點聲音。

電光火石之間，誰也不能成言。

「怎麼了？」原本一臉輕鬆的女孩皺起眉頭。

原本在掉淚的女孩霍地站起來，顧不得還凝在眼角的一滴淚珠，抓起手袋踏着高跟鞋奪門而出；原本掛上禮貌笑容的男孩茫然若失地盯着那漸行漸遠的背影。

門外掛着的晴天娃娃不奏效，頭頂上的天空依然被陰霾填滿。

「嗞嗞、嗞嗞。」電話的輕微震動驚醒了平凡寂寥的深夜。他勉力張開惺忪睡眼，右手慣性探向書桌，在散落一堆雜物的桌面上利落地抓起手提電話。

身旁的她抖了抖身子，他瞄了一眼那個沉默的背影，翻過身去，查閱簡訊。「有把你吵醒嗎？哈哈！晚安！」文字後面還拖着一堆佻皮的表情符號，使他因美夢被擾而微慍的情緒降溫了。他沒好氣地把電話打入枕頭下的冷宮，閉上眼又睜開，再掏出電話，手指靈活地在輕觸式屏幕上跳動，輸出這晚最後一句連繫。

晨光透進窗簾。他半瞇着眼，右手伸進軟綿綿的枕頭下，拿出電話，有一則未讀訊息：「早安！新的一天，新的開始，一起努力！」他無聲地輸入一串文字，無聲地傳送一串回應，然後隨意把電話一放，眼睛一閉，嘴角彎曲的弧度戀棧着手心的餘溫。

「早餐放在桌上，我先上班了。」她急急走進房間，抓起手袋，又急急地離開了，只擱下一句陳述性的説話和一片由她飄逸的裙擺所捲起的冷空氣。

「等等！今晚有空談一談嗎？」他從牀上支起上身，扯着剛起牀時偏向沙啞的聲線發問。

「今晚不行，我有約。」她的眼光沒對焦在他臉上，只低頭盯着自己的漆皮高跟鞋。「對不起。」再煞有介事地補上這句沒意義的話，她就如一縷輕煙消失在眼前。

這段日子以來，這種形式的對話使他覺得兩人在循規蹈矩地打乒乓球，一來一往，重重複複，了無生氣。兩方原本緊握的球拍的手漸漸鬆脱，剩下乒乓球乏力地掙扎跳動，直到失去所有力氣，奄奄一息地躺在桌上宣告一場比賽的結束。

他走出客廳，視線落在那一杯不再冒出熱氣的熱咖啡，那一碟單人份量的腸仔煎蛋，搖了搖頭，又掏出電話。

「真可憐，今天又要一個人吃早餐。」

「為什麼？你的女朋友呢？」

「她趕着上班，我又被遺下了。」

「噢……可憐的男人！我現在去跟我的女朋友吃早餐！」

「唉，原來世上只有我一人那麼孤單。」

「我可以跟你傳簡訊，直到你吃完早餐！」

「這算是陪伴我嗎？不怕你的女朋友『呷醋』嗎？」

「嘻嘻，不怕啊！何況她還未到。」

他跟她的相識有一點微妙的緣分。

忘了是哪一個晚上，只記得空蕩蕩的客廳裏迴盪着一場無聲角力。大家都有點累，不想多花力氣在唇槍舌劍上，都選擇用沉默回應彼此的沉默。她首先忍受不了室內悶熱侷促的空氣，抓起皮包踢着高跟鞋「嘭」一聲關上大門逃之夭夭。他回到冷清的房間，捧着手提電腦，登入聊天室，想找個朋友傾訴一下。忽然，他發覺一個陌生的名字霸道地把他加進「朋友」一列中。

「請問你是誰？」他敲着鍵盤，沉澱本來有點黯淡的心情，好奇地詢問。

「別假裝不認識我！你不是小威嗎？」對方滿有氣勢的回應令他

登時啞然失笑。

「噢……不是。」

「……啊！對不起！原來我把聯絡人郵件地址弄錯了。」

「即是說，你糊裏糊塗加入了一個陌生人，然後糊裏糊塗冤屈別人故意裝作不認識你？」他在電腦的另一邊呵呵笑着。

「……」

忘了之後的對話夾雜了幾多句無意的玩笑幾多句無聊的閒談，總之他們認識了。後來覺得在網上聊天不能「隨傳隨到」，索性交換了電話號碼，用數之不盡的簡訊建築一道無形的橋。

「今晚有空嗎？要不要上網聊聊？」他把剛加入熱水的杯麪放在飯桌上，發出短訊。

「不行！我有約。」她飛快回覆一個簡訊。他就識趣地放下電話，沒再干擾她。

初時，他知道她是一位女生，卻跟另一位女生在交往，也有點驚訝。後來，想了又想，又有何妨？交個朋友而已，更何況難得投契。

「你為什麼喜歡女生呢？」他曾在一個大家都聊得有點意興闌珊的晚上，小心翼翼地問。

「沒為什麼，喜歡的感覺能夠解釋的嗎？」

「那你有跟男生交往過嗎？」他鍥而不捨地想挖出一些別人心裏的祕密。

「有，不過愛得很累。」

「跟女生交往就不會覺得累嗎？」

她告訴他，跟男友分手的當晚，跑到蘭桂坊慶祝這積壓已久的解脫。她一邊大口大口地喝着啤酒，一邊到處搭訕。她看見一個落幕的身影，獨自坐在一角喝悶酒，於是走到那人旁邊，卻看見她在流淚，一滴滴落進載滿苦澀的酒杯裏。她看着眼前這個獨自啜飲着寂寞的女孩，忍不住伸手替她拭掉淚水，把她一擁入懷。

「好累……」女孩靜靜靠在她的肩上，眼淚掉完一遍又遍。

※

「你可以幫我一個忙嗎？」一個月後的一個下午，她傳來一則簡訊。

「無事不登三寶殿！快說啦！」

「我想跟女朋友分手，但她怎樣都不相信我還是喜歡男生多一點。」

「啊？為什麼這麼突然？」他心裏不知怎的流過一陣莫名其妙的竊喜。

「沒感覺，就完了。你為什麼總要別人解釋呢？你要不要幫我啊？」

「好，我要做什麼？」

「你現身就好了。認識你四個多月，順道給我們一個正式碰面的機會吧。」

這天，他一早起牀，她已不知道跑到哪裏去。數個月如是，住在同一屋簷下，卻總是聚少離多。他洗個澡，剃掉礙眼的鬍子，用髮蠟把前額的劉海定型，穿上特意熨平的白襯衫。外出時，每一下腳步都踏得很重，臉上卻掛着和煦的笑容。

直到走進約定的餐館，直到看見約定的女孩，還有……數個月聚少離多的她，那抹耀眼的笑容才被烏雲吞噬。

水葉的凋圖*

王心靈

詩篇始於溪水旁
我是一棵要結飽滿果子的樹——
躲進林蔭的縫隙
連陽光都顯得微弱
躑躅行走於礁岩上
害怕錯踏青苔，沾一身濕泥
生死的奧義隨風拂過
哪一種主義最能夠理解世界？
沉默或憤怒不過是一種態度
反復詰問是為了尋找和尋見
啊，又一片葉子飄落

萎謝可會是最壯美的回歸
膠着前行的腳步如何見證真理
垂死的狀況包括蜷曲擱淺的身姿
蟲蛀的圓形破口和撕裂的弧度
痛感無以名狀，怎樣才能稱為美？
內在的貧乏與弱小從來不是單純
怯懦的沉默隱藏言語的笨拙
一場風雨真能述説生生不息的枯榮？
我只能浮淺地解讀出堵塞的意象

什麼壓倒了嫩青的枝條？
影像斑駁處時暗時亮的折射
隱約如詩人穿行語言停頓處
惶惶然撿拾飄然落地的情緒
在應該理智的年紀
思考生命的開始，與終結
萬有在創造者的掌管下
重重限制與人所未知的超越
水的湧流洗刷聚散的四季歌
樹的低語晃過漩渦與暗礁
長久蹲下難免雙腳痠軟
換個姿態，俯身採擷柔柔漫流的片片

殘缺肉身的徜徉同樣萬縷千絲
水聲泠泠的行板
萬籟之聲必然還包括鳥聲與蟲鳴
樹和根的呼吸，以及一聲歎息
滑過水流蜿蜒的曲線
夢想抵達早已遠逝的涯岸
以最原始的圖案詮釋回憶的虛實
水漬細巧的軌迹布置透明的凋圖
而我是魚，穿着閃爍發亮的鱗片
一躍而潛進了水窮處
原是水深之處

*〈水葉的凋圖〉獲「第七屆大學文學獎」新詩組優異獎

司機與乘客

歐礎賢

水珠快要把手錶上的時間折射得歪七扭八。青年望着那有如掉進了大海的鞋子，不禁低聲咒罵了幾句。雨下得很大，在簷篷下站着已經有半句鐘，只為了那輛電召的計程車。青年動手拍拍頭上的雨粉，忽然，漆黑的前路來了一道光線——即使來晚了，還是很可靠。青年顧不得大雨，沒待車子停好，便衝入車廂。

「很冷！」青年打了一個寒噤。雨天和空調，還真是一對不能相見的冤家。儘管有點無理，青年還是禁不住抱怨：「遲到了吧？空調順便調低一點。」司機那疲憊、不滿的目光登時在後視鏡中出現：「夜半三更的急召，上車後又諸多要求，真麻煩！」青年正要動怒投訴服務態度，轉眼發現司機已經默默調低了空調溫度。「罷了。」青年抹乾身上濕漉漉的衣服，順手扔掉紙巾。好不容易終於去掉那不舒服的感覺，青年開始倚着車窗瀏覽街景。

在漆黑一片的車內有如瞎子一般待着，只能憑想像去看東西。青年看看司機那稀疏半禿的後腦勺，暗忖：「原來白頭髮這麼多啊，夜班工作大概很辛苦……」但歉意很快便一掃而去，青年看得沒勁，逕自呼呼睡去。突然，車子在一處彎道紅燈前停下，害他的頭猛地撞向玻璃。青年高聲嚷痛，不禁猜疑司機是否故意，而司機把一切看在眼內，訕笑道：「人家晚上用功讀書工作，你卻是日夜顛倒地玩樂，活該呢。」青年自知理虧，一口怒氣強忍不下，按着痛處的手情不自禁使上力，竟又痛得嘩嘩亂叫。聽着司機哈哈的幸災樂禍，青年的臉綠得像剛轉的燈號，只得憤憤然道：「開你的車吧！」

剛才那一撞確實令人睡意全消，青年無奈地拿出剛買的手機發短訊。有時候，青年會對着手機咭咭傻笑。司機按捺不住好奇心，問道：「是女朋友嗎？」青年故意不回答。隔了一會，司機再問一遍，還是沒能得到回應。終於，司機氣結得快要爆炸，髒話連珠冒出，那新穎的組合更是令人眼前一亮。罵得累了，司機索性狠狠拋下一句：「年輕人一點家教也沒有！」此時，青年露出狡黠的笑容道：「那真該問問誰是家長囉？」司機頓時無話可說，青年卻為這次成功的反擊竊笑。

接下來的車程，計程車難得地擁有片刻寧靜。然後，車子停在五顏六色的霓虹燈前。商店的音響非常吵耳，像快要震碎那保護車子的玻璃。青年咧嘴向正在等待的同伴招手，正要拿出錢包付車錢，卻發現司機根本沒有按下「咪錶」。司機故意不正面看他，只道：「不要太晚回來，你媽會擔心。」青年不懂如何回答，有點尷尬，搔搔面，嗯了一聲。那一刻，他曾有過留在車廂的念頭。可是，外面世界的引誘實在很大，他終於頭也不回地離開計程車。

司機隔着車窗，把目光停駐在這位「乘客」身上，直到他的背影消失在那不知道是什麼樣的店子。雨水啪啦啪啦地打落在車身，反倒顯得計程車有點空洞。司機固執地扭開收音機，為車子添上一點熱鬧，獨自駛往回家的路。

賴牀

吳遠智

賴牀是遊走於現實和虛幻之間那種似有還無，虛實難分的狀態，是介乎水波與岩壁，法國與旺角，曼荼羅與超聲波之間的一種真實。每天起牀前，躺在牀上感受被窩的溫度和質感，徐徐又進入夢鄉，卻在門前停住，不斷徘徊，然後開始向那更廣更大的虛空奔走。這邊廂被裝修的噪音侵擾，那邊廂還在和愛麗絲喝下午茶。若夢遊是睡着時在現實中走動，賴牀則是醒着時在夢裏散步。每一秒無限放大，卻又在飛逝。現實中對時間空間的概念，都在這狀態中被顛覆。

賴牀可以是為了爭取多一點點的睡眠時間，卻又不止於此。正如有些人只為了裹腹而進食，有些人卻對色香味十分考究。賴牀的真諦絕不止於那幾十分鐘的睡眠。那短促的睡眠絕不能使你精神百倍。其精華所在，是那片刻的曖昧和朦朧。讓思緒如肥皂泡般冒出，又突然破掉。不需任何計劃，不須要負責任。明知是在浪費時間，明知會後悔，明知終有一刻要確確切切地起牀，卻又心甘命抵。果效有如軟性毒品一般，卻對身體沒有不良影響，難免使人沉迷。

要起牀了嗎？再給我十分鐘就好了，我還未追到那隻鑽進樹洞的兔子。什麼？又十分鐘了嗎？我才剛找到通往皇宮的路。再給我十分鐘好嗎？我快要查到是誰破壞了紅心皇后的後花園。就在這些無窮無盡的藉口當中，賴牀的人永遠有能耐賴上好幾個小時，甚至半天，直到他們睡得太多，睡到頭昏腦脹時，非得要起牀走動一下。或是理智終於戰勝了心魔，知道再賴下去也沒意思。不如早點起牀，待晚上再圓夢。

賴牀的精神，還能見於生活的種種。早已到了出門的時間，卻還要坐下來看看魚缸裏魚兒的動靜。明天要交的那篇散文還未作好，卻還於半夜漫遊網際。要改掉賴牀這惡習嗎？再說吧！是對現實的逃避嗎？可能吧。人生有太多不能避免的慘劇。以賴牀來躲開又何妨？只要清楚知道，賴牀愈久，起牀的一刻愈內疚。除非打算賴着不起，否則賴牀的時間就要拿捏準確。要做到恰到好處，才能賴得開心快樂，而非本末倒置，永遠沉淪在那十分鐘又十分鐘的自欺欺人得過且過當中。

起牀時罪疚感的處理也要做得好。最理想的狀況就是即時把罪疚感忘記，清醒地投入生活。若然只沉溺在自怨自艾當中，那又變成另一種形態的賴牀來。所以，賴牀的人最要學懂豁達。若只拘泥於眼前那一點點罪疚感而停滯不前，則有違賴牀的原意。把要做的做好，彌補賴牀所造成的過失，才是上上策。

人愈大，賴牀的情況一般來說會愈少。大概是學會了自律，學會了負責任，又或是被生活裏的一切一切逼得再沒有賴牀的本錢，失去了這本能。可是我認為成人更需要賴牀。小時候犯下什麼錯都有改過的空間，也沒有什麼非做不可的事，賴牀並非出於逃避現實，只是時間太多，不多睡一點也無甚可幹。成人責任多，能逃避的卻很少。只不過在被窩內多留一會，感受多一下昨晚那場美夢的餘溫，也不算過分吧。寧願在牀上多賴牀，也不要留到生活中去賴。

在青少年階段，賴牀更是不可或缺的部分。從孩童的無憂無慮，走到成人世界的爾虞我詐，沒有軟綿綿牀鋪的支撐，必定會於跌跌撞撞中招至傷痕纍纍。青少年那些離奇的想法，沒人明白的哀怨，對成長的疑惑，某程度上都能於賴牀中得到一點安慰。被子就如圍牆一般把外面的世界暫時隔離、排除。它又有如溫室一樣，使個人的真知灼見能於合適的溫度中萌芽。說牀是孕育革命家、藝術家的地方也不為過。

戒掉賴牀這習慣需要意志，但能賴得其所更需要意志。要從這無憂的虛空回到殘酷的現實，可不是這麼容易的。正如要脫俗何其容易，不理俗事便可。但要俗得來又得別人喜愛，則需要很多學問了。

一夢驚醒，打開雙手並無一物，夢中緊緊抓着的七情六慾都全無蹤影，只有塵埃一般的汗水分佈在手掌心。

美

黃敏莉

寶藍今天花了一小時搭配穿着。白色的樽領毛衣，外搭一條黑色的絨面半截裙，腰間配一條皮質粗腰帶。大腿在蓬鬆的裙下若隱若現，黑色名牌高跟短靴反而失色不少。可愛甜蜜之中帶一點成熟，她一向喜歡這樣的形象。

寶藍家是開時裝店的，母親和她時常圍着一起討論衣服、化妝品、護膚……家裏的雜誌堆得高高的，她父親曾經咕嚕過：「看這些不是書的書，能有什麼作為！」每天早晨，母親都「佔用」洗手間動輒一小時，因為她要洗面，然後塗上護膚品，接着吹髮，最後打開房間中的大衣櫃，在形形色色的衣服、皮包、鞋、首飾裏尋找自己的樂園。

寶藍最愛看母親穿着淺紫色的洋裝，戴上蝴蝶花手鐲。母親不化妝，但畫眉。一筆勾勒，彎彎的月芽，叫人看着便精神。寶藍那時認為這些都好看極了，立志要快些長大，又定下了目標：「我長大後，也要這樣！」

高小和初小的孩子雖然都是孩子，但他們之間有點不同。高小的孩子開始在意自己的外表，亦同時追求從別人而來的滿足感。

寶藍高小時有三數個女孩子玩伴，她們湊巧都是成績優秀的可愛女生。其中一個叫楊楊的女生特別美，最少在同學眼中她真的美。圓圓的一雙大眼，高直的鼻樑，透紅的皮膚。雖説寶藍有一點妒忌，倒也沒有什麼。

有一次，有人問：「我們班上誰長得最美？」大家都說是楊楊。寶藍也說她最美。其中一個選她的女同學說：「楊楊是我們的話題，我們到哪裏都聽到她的名字。聽說有一名男同學經過我們班房時，從窗外給了她一枚紙花。」粉色的花染紅了楊楊的臉，亦染紅了許多雙眼睛。楊楊去洗手間前小心翼翼地把紙花放在抽屜裏。寶藍一直盯着楊楊看，像是要看穿她的臉，看壞她的臉。

有兩個女同學走到楊楊的座位前，拿出口袋裏的漿糊筆，使勁地在楊楊的書桌和椅子塗抹。楊楊的家課冊變成碎紙，筆盒和書包則被掏空。楊楊回來後，看見這樣的場面也沒有哭。她在椅子上鋪一張紙，輕輕坐下。楊楊用力地把那朵紙花從桌上拔出，看着寶藍的眼睛問她：「我今天美不美？」寶藍說：「美。」然後楊楊一直抓緊那朵花，使勁地抓。她的手都與漿糊混和了。

在那以後，楊楊很少和她們交往了，除了寶藍。

「有時看着楊楊，總覺得她缺少些什麼。她的眼睛長得不錯，但她的嘴太厚了，很醜。」寶藍跟一些朋友批評。

楊楊在學校是有名氣的，全校的男生都很喜歡她。她卻不喜歡他們。她的朋友都在校外結交，大多都是男孩子和一些長相庸俗的女生。有好幾次，寶藍看見幾個陌生的金髮男孩在校門外等，那些都是楊楊的朋友。

「寶藍，你看她，她身邊的男生都和她一樣土氣。」同行的女同學緊張地說。

「她那裏土氣了，我們才土氣！你不是說過她其實很美？」寶藍笑着回答。

「我？我才沒有呢 ！」

「看着小學時期的自己便覺得土氣。」寶藍後來這樣形容自己。中學時期，她喜歡休閒的格調。她時常束着一條高馬尾，上身穿着淺藍色的格仔布衣，裏面穿着一件白色緊身衛衣；下身則穿一條窄身洗水牛仔褲和一雙布球鞋。這一身穿着是受到讚賞的。在中學時，寶藍漸漸找到了自己的風格，也找到了自信和價值。

自從互聯網普及了以後，潮流讓人捉着又走了。因為付不起昂貴的租金，寶藍家的店結業了。寶藍的美的觸覺卻是愈來愈好了。她母親總是覺得太早把店結業了，要不然，寶藍可以用作活招牌。

上了大學的寶藍更是出眾。她的朋友長得比她好的不算少，但往他的身邊一站，總好像少了些什麼。她的眼睛其實不大，但黑白分明，有英氣卻又不會顯得邪惡。她遺傳了媽媽的眉毛，自然的黑色，彎彎的。雖然她沒有筆直的鼻子，但她的唇色是透粉色的，第一眼看，她的嘴巴略嫌大，但只要多看她兩眼，便會認為寶藍的五官很配合，整張臉都很好看，愈看愈好看。

寶藍不乏追求者，其中一名是在數學課認識的。寶藍原本打算認識一些對數字有概念的人，好讓自己有需要時能找到幫手。無論是上課還是下課，那個男同學每次都在課室門外等她，借她功課參考，後來更替她做功課。他們上早課，他就準備早餐；上下午課，他們便一起吃飯，由他付款。一開始，寶藍也當他朋友般對待，十分友善的說說笑笑，到後來她就覺得他煩了。她不會主動找他的，他卻非找到她不可。後來她就封鎖了他的電話，他還是想找她，但就只敢偷偷跟在她身邊。寶藍要上的課，他差不多都跟着上。

「看着他就想吐。」「我電話號碼都快要換了。」「如果他和我同科，我便慘了。」這些話那個男生聽過好幾遍了，但沒有表示什麼，反而更迷戀寶藍。

其實，寶藍要是和那個男生同科，寶藍也會跟他同一組做報告。有人更在聖誕節時，看到他們一起在尖沙咀出現。別人都說這個男生是比較浮面的，不知道還有多少個男生在背後做同樣的事。

即使如此，寶藍在學校還是結識了很多朋友。寶藍着實是親切友善的。她喜歡笑，也笑得好看。她說話也落落大方，和她談天很舒服，得着什麼又好像沒得着什麼似的。反正大家也喜歡跟着她。

但相處久了，他們都有點怕寶藍，怎樣的怕又説不出所以然，總之是有點不敢和她太親近。除了一兩個女生外，寶藍很少跟別人交心。後來他們得出了一個結論：除非被寶藍挑選了的人，否則也只是説説笑笑地過去。

美是一種價值，張愛玲説，力是快樂的，美卻是悲哀的。力和美其實又相輔相成，亦是對抗。寶藍想得清楚，如果她不把美變得有力，她便是悲哀的那個人。

她在街上碰見楊楊。楊楊穿着西裝，頂着一頭黑髮。她説，寶藍你變了許多，「眼神都好像變了。」楊楊正趕去見工，所以沒有多談匆匆道別。寶藍認為楊楊好像沒以前美了。她恨她的黑髮，她恨她的正經，她恨她説自己變了。從以前她就一直恨她，她現在放棄了她的美，嘗試以別的力量去生活，這叫寶藍最恨。

她想起那朵紙花。當日寶藍找遍了楊楊的抽屜，把東西都倒出來了，就發現那朵花。她當時想：「楊楊真美。」然後大力地把那朵花按在書桌的漿糊上。

今天寶藍也收到花了，是男朋友來到海傍前送的。她的電話屏幕閃了閃，某男生説他現在在她家樓下了，怎麼不見她。她想起母親説今天不會回家，該不會碰到這個傻子。即使碰人個正着，媽媽也不會有什麼作為，也只好讓這個傻子這樣下去。

寶藍總覺得母親不好看，穿什麼也一樣。聽説這次這個男人打算投資在母親的新時裝店。

「來，我們走吧，音樂劇快開始了。」今天寶藍穿了一條米白色的掛頸連身雪紡裙，長身的。她化了裸妝，因為男朋友喜歡淡雅。這個由媽媽男朋友介紹的男生，喜歡寶藍幼長的頸到肩膀的線條。她喜歡他的身分，男朋友的這個身分由他來當最適合不過。

反正，這是她的目標。

人民之歌

黃曦晴

這夜街道冷颼颼的，楓葉在空氣中翻捲飄零，部分撒落在柏油路上，隨即形成滾動了摩打的小旋風，嗦嗦嗦嗦地轉圈，塵埃飛揚。我帶了毛線帽，直穿過被寒流襲擊的廟街，半顆頭不得已埋在圍巾裏瑟縮，很冷。我滿腦子都是暖胃的煲仔飯，煲蓋噴出滾燙的水蒸氣與飯香……

這街兩旁只擺放了綿密的帳蓬與露天攤檔。再下個街口才是四季記吧！為城市遊牧民族指點迷津的相士蘇某李某，留了一頭大捲髮的年輕塔羅牌女巫，還有專門向遊客招手、販賣中國當代藝術贗品的地攤。另一邊廂成人性玩具毫不害羞地展示自身的雄態與媚態，年紀不輕卻濃妝艷抹的上海風情味女子連同幾位用電子琴來伴奏的知音正翻唱地道粵曲。中年女子的一把「雞仔聲」，卻絲毫沒有影響「粉絲」們手舞足蹈的雅興。他們全是與她年紀相若的大叔和伯伯，虎視耽耽的眼神，帶點淫邪笑意。

就在熱哄哄的觀眾旁，我看見兩張熟悉的臉，確信我們曾經相遇卻一時記不起。一個滿頭白髮身穿絲絨唐裝的伯伯，一個束馬尾背着結他的年輕人；他們頭頂上的帳蓬掛起了「黃伯書法」的橫額；伯伯左手抓住寬大的衣袖口，右手提着毛筆在宣紙上揮舞。此時自稱阿幸的粵曲歌者忽然唱起《紛飛燕》，我站在人羣背後定睛看着他倆似曾相識的容貌，倏然驚醒。「咦？他們本就認識嗎？」我低頭看看自己再看看他倆，大家均各自脫下了昔日的黑衣，放低了繫在手腕上的黑絲帶。在那熾熱的一星期，我幾乎每天都看見他們二人在政總現場如何活躍地奔走，意志高昂地為那小小的社區帶來那麼多的生氣。

我尤其想起一些絲毫沒有藍天白雲的清晨，想起那些徹夜未眠的淩晨。蓆旁許許多多鄰居跟我同樣長夜無眠。當時就是這馬尾小子，在本來沉寂的大街上忽然用結他奏起《人民之歌》，對街不知道誰聽見，遂又舉起小號脹起嘴巴和應，羣眾一陣狂喜：

"Do you hear the people sing, singing the song of angry men..."

只差牽頭跳舞的人民，不然那霎眼看來簡直是個盛大的嘉年華，沒有吵耳的數碼配樂與音響設備，只有活生生的音樂現場。缺了的，大抵只是慶祝目的。徹夜無眠直到第二天日出，我站在清晨的三支旗杆下。夢一般的熱鬧過後，清晨來襲，很多眉頭深鎖的臉容便悄悄浮現。好些海報黏力不夠，紛紛脫落。中學生脫掉汗濕的黑衣，換上校服又疲憊地上學去。畢竟數小時前那些倏然出現的美好，美好得難以置信？我看過人羣所能創造的一切可能性，瑣碎如張羅牙膏的着急情節居然足以打破陌生人間的隔閡，我們天天叫喊也毫不厭倦的那些口號，「撤撤撤那爛透了的國民教育」。每夜我埋首閱讀《革命的孤獨》，幻想自己正身置歷史上第二個法國大革命、幻想革命的浪漫、幻想革命的孤獨、幻想成功以後我們從此都自由了，香港或許從此不再一樣。只是在那些深夜，我從來沒有想過所謂的革命居然如此短促，如此稍縱即逝。來不及好好抱緊，高潮早已完結。

在眾多愁眉不展的臉容中，如今站在我面前這位白髮蒼蒼的黃伯，卻總定時定候，精神奕奕地跪在地上揮筆寫一些抖擻士氣的字句。我總目不轉睛地訝異黃伯每一捺每一撇的冷靜篤定、利落、決斷。彼一時那熱血的現場無法與今夜的廟街街頭相提並論，阿幸與她的樂友剛演唱完畢的是《紛飛燕》，但這年頭最撼動我的音樂大抵在那濃縮的一星期通通都見識過了。事到如今我偶爾還是會打開那晚用手機錄下，混合着叫囂聲、唱和聲的《人民之歌》。現在呢？居然是歌者阿幸會友的時段，她拿着咪高峰，叉起略為腫脹的腰，邊分享，邊跟叔叔伯伯們眉來眼去，刺耳的「雞仔聲」讓我整個人抖擻起來。這冬夜，依然很冷。

黃伯執起毛筆與馬尾男孩眉飛色舞地比畫，彷彿在討論什麼世界大事。昔日在大馬路上威風凜凜的結他手，頓時活像個迷失的青少年。談論間黃伯高舉執着毛筆的右手，一不小心把一抹濃墨潑落到男孩的白色襯衣。可憐的結他手，可憐的裸女印畫。本來看似皮膚幼嫩、身材姣好的裸女，剎那間長出了濃墨的毛髮。黃伯不以為意，托了托他那招牌圓形眼鏡，又滔滔不絕……

一陣野獸咆哮般的飢餓感在此刻忽然襲來，我什麼也不要再想了。把頭整個埋進圍巾，憑着直覺穿過周邊處處燦爛的攤檔，向四季記前進吧！我滿腦子都是暖胃的煲仔飯啊！煲蓋噴出滾燙的水蒸氣與飯香……阿幸的歌聲離我愈來愈遠，直至再也聽不見，也好。

馬尾男孩與同伴站在車輛不再行駛的大馬路上大唱特唱，彈到不知時日過去，彈到晨光初現，彈到弦線相繼斷掉，説聲不相干大喝一口啤酒，遂又嘻嘻笑笑地唱唱唱的畫面，縈繞不散。

「不見了的音調就讓它消失吧！」羣眾又一陣狂喜，進入做夢般的音樂裏很滿足、很滿足。

麥樹堅、胡燕青讀評：世情無涯涘，深不可測

第四輯

浮動的世情

世情無涯涘，深不可測

麥樹堅、胡燕青

什麼全球快樂指數、家庭快樂指數、孩童快樂指數……香港全都偏低，老是徘徊在及格邊緣，很難說得上是快樂城市。為什麼我們鬱鬱寡歡？觀乎當下世情，是否找到答案？

吳天心〈災難〉哀南丫島撞船事故，吳其謙〈海鳥〉替忍氣吞聲的貨櫃碼頭工人不值，朱惠芬〈等待〉歎工時太長打工仔賤賣光陰。這些都是我們在報章讀到、身同感受的事件，迫使我們思考公義何在。姚偉銘〈那是怎樣的一個地方〉寫歧視如何埋葬一個勇於改過的年輕人，陳寶玲〈連鎖〉以接駁手法寫怨氣在城市蔓延。一種觀點，一種心態，可以殺人於無形，而且不是肉體的殺，而是心靈的殺。年輕人長期和學習打交道：羅維日〈學習〉寫重讀生怎樣撥開陰霾，譚敏琪的〈困〉讓我們一窺補習社的生態。走出教室，王翔的〈先生〉提醒我們，探求真正的學問先要有由衷的謙卑。遭逢失意，或許想重溫舊日的美好。陳棣霖〈然後你再怎麼想也只有零碎畫面了〉帶你回到「小學雞」時代、陳健偉〈憶九龍城舊居〉捨不得啟德機場為吵鬧社區帶來另類和諧。〈道風山行〉中，張往憑記憶走傳道人父親帶他走過的山路，尋找最終的寧靜。十一位滿腔熱血的年輕人，對當下教育文化、城區保育、社會公義等有自己的見解，他們的憂戚、歎喟，正正是愛裏的惻隱。

文章	頁數	讀評
災難 吳天心	190	吳天心的短詩〈災難〉寫的是2012年10月1日的南丫島海難。此事導致三十九位出海看煙花的乘客遇溺身亡，九十多人受傷。那天，開着電視機的每一家每一戶，都給嚇得屏息靜氣，之後一段日子，整個城市陷入深深的傷痛之中。海難發生那天，也是中秋節翌日，正好是中國人一家團聚過節的日子。天心的詩以破碎的中秋月來表達死者親人的痛不欲生：「中秋圓月在哪裏？/爪指向天的樹枝不答/一地落滿片片撕碎的月」—— 爪指向天，似寫樹枝，其實在描述人向上天提問的姿勢：為什麼要發生這種事？最後一節，詩人寫某位尚在人世的「他」，永遠（直至「襟前小白花也化成泥土」）無法忘記至親溺死的樣子（「那天那雙石眼睛」）。作品的最後一句：「那每夜緊攥他心的小手/一如試圖抓住夜空的煙花」，充滿父母無法保護孩子的內疚和悲情。這一句建構的畫面，呼應着首節「爪指向天的樹枝」，也暗指當時正在發放的煙花，一悲一喜，諷刺強烈。人生短暫而毫無把握，難道不正迅速開落如煙花？此詩感人至深。願死者安息，生者忘記悲慘的往事、重新上路，我深信，這正是天心的祝福。

文章	頁數	讀評
海鳥 吳其謙	191	吳其謙的〈海鳥〉寫的是香港今年發生的一次工運。2013 年 3 月 28 日，香港國際貨櫃碼頭爆發嚴重工潮，外判工人不滿意自 1997 年來薪金有減無增，今年的收入比 97 年時低，而且工作環境惡劣，有時工人在駕駛室內操作很長的時間，沒法吃一頓好飯，更連上廁所的需要都無法解決。吳其謙〈海鳥〉這首詩的優勢，在於語言和內容無縫的結合。「海鳥」指經常在高空工作因而食無定時的貨櫃碼頭工人。這種不人道的工作帶來勞損的頸椎和貧窮的生活。最後，他們忍無可忍，向資方爭取合理的工作節奏和工資。作者用「春雷」一詞起句，既寫實（此事發生於春天），亦富有象徵意義。詩從高空寫到高空 —— 從囚禁（於駕駛室）到高飛（與大老闆在其辦公室談判），且於昂揚的調子之間插入了可怕的故事：「一隻信天翁劃過海峽 / 帶着幽禁的傳說 / 層層疊疊的棺槨」——碼頭工人殉職後，資方用賠償把工業意外層層掩蓋，重疊的貨櫃於是成了這些工人的棺木，可見這份工作很是危險（我寫這段文字的前幾天，又一位工人於此殉職）。付上這麼沉重的代價，為的是什麼呢？他們罷工，難道是為了個人的野心、為了發大財（如同資方）嗎？不，

文章	頁數	讀評
		他們只是「相信可以回家吃蒸魚或／雪藏一支青島」，與父母妻兒吃一頓好飯，在勞苦之後得到充分的休息。這只是卑微而合理的願望，多年來卻難以實現。這是作者寫得最動人的一節。如果讀者夠細心，還會發現「一場拔河／在畸形的頸椎展開」，這是作者支持工人「企硬」的一筆，含蓄而精到。頸椎，就是我們廣東人説的「腰骨」之「起頭」。用粵語朗誦此詩，我們還會從最後一節知道到工人的壓迫者到底是誰：「碼頭疲憊的海鷗／終於，振翅躍起／冒雨飛上比吊臂高的辦公室……一團脂肪裏啄食」—— 原來，讓工人們飽受剝削的，正是那團「脂肪」(肚滿腸肥的「資方」)。讀到這樣的好詩，評改作業的勞苦都算不得什麼了。教學而能夠教創作，是真幸福。
等待 朱惠芬	193	朱惠芬的〈等待〉觸及另一個社會議題 —— 標準工時是否應該馬上立法執行？香港的「打工仔」，尤其是辦公室裏工資低、工作多且必須穿得乾淨體面的上班一族，經常熬到深夜尚無法把工作完成。他們正是這首詩描述的對象。作者用了三個場面來控訴大城市工作文化對一個人及其家庭的戕害 —— 第一個場面帶着一點諷

文章	頁數	讀評
		刺的幽默感：「打一個噴嚏／空蕩蕩的回音／飯粒濺在熒幕上」。加班的男人在冷氣機的風口下吃飯盒，又冷又孤清。第二個場面開始教人心酸了：「有時不是陳豪不是佘詩曼／而是習慣將身影鎖於發聲機面前……才記起／遺忘在洗碗盆邊的戒指」。戒指脫下且給忘記，象徵婚姻已經變得有名無實。最後男人回家喝湯，太太已經睡去，寂寞依然，一個家，餘下調羹和湯碗的碰聲，靜得可以。我欣賞這首詩充分的立體感；詩裏有一個隱藏的角色：自私的老闆。他似乎早已下班回家享盡天倫之樂了，但別人的家庭，他一點沒放在眼內。社會詩很難寫，要寫得「有情」（感染力）也「有義」（說服力），是很難做到的。惠芬做到了。
那是怎樣的一個地方 姚偉銘	195	〈那是怎樣的一個地方〉語文有不少錯漏，但姚偉銘本着赤誠揭露社會的殘酷，雖然沒有經營技巧，但仍足以支撐整個作品。常言道，做人要正面積極，對人該多勉勵、少潑冷水：「每件事情只要勤力一定可以做到」，這不是我們常聽、常講的話麼？「我」這樣對有案底、吸過毒的家豐說，鼓勵他追尋理想。結束戒毒所的

文章　頁數　讀評

探訪前，「我」發現「那天霧很大，但到大霧阻止我道別之前，我與他都一直在揮手。」第二次見家豐是一段日子後在快餐店，他被編做樓面清潔，經理不讓他做侍應。「我」知道後歉疚快速膨脹，意識到發生什麼事，但家豐依然積極、憨厚，「解決了生活問題再想想能否再進修吧」。此後，「我」因探訪戒毒所時的失言而無限愧疚自責，以義務工作來贖罪。第三次接觸家豐是兩年後，家豐按名片上的電話號碼打給「我」。他繼續努力，但大學不取錄他，紀律部隊不要他，原來「只要勤力一定可以做到」的前提是沒有行差踏錯。曾經走錯一步就不可翻身！「他的淚滴在我手上了」——「我」也在流淚了，兩個年輕人就這樣受傷了。如果當初沒有鼓勵家豐勤奮向上，他的日子是否過得較舒適？當勉勵話徒具外表，淪為「再約食飯」、「得閒飲茶」這類切勿當真的客套話，證明社會上其實有重重阻隔，將人分列等級。「這天又是大霧瀰漫的三月天，那團霧將我與他的距離隔得好遠、好遠。」這團叫歧視的霧太可怕了。

文章	頁數	讀評
連鎖 陳寶玲	203	陳寶玲的小小說〈連鎖〉很巧妙地把我們這個城市的典型人物串聯起來，我們讀着，心裏就生出一種「梗有一個嚮左近」的熟悉感，繼而會會心微笑。但是，這其實並不是好笑的事。分析起來，「顧客永遠是對的」觀念，其實產生於絕對地「向錢看」的原則。因為顧客有錢，那麼無論他們多麼無理，也該得到照應、滿足。寶玲寫的正是早已被這種價值取向牢牢捆綁的P城陷落於怨氣的過程：「馬先生住在駱駝山青巒閣六樓，下臨海邊公園，有天他終於按捺不住，提筆寫了一千七百多字去信投訴這個公園」—— 讀者一看，就知道他買樓時早就曉得自己的家臨近公園和海，空氣特別好。但他竟然投訴大自然令他不舒服，於是，管公園的人受氣了，導致一連串由「顧客」引發的不快事件。寶玲想指出，假如顧客永遠是對的，那麼我們一旦成了顧客（而事實上，我們也總是某些人的顧客），就能橫行霸道，拿服務自己的人來出氣。這樣，人人都不快樂，整個城市的脾氣就要變壞，其文化氣質也必不堪入目（請看看那首歌的歌詞）。這是有深度的反省：身為市民、顧客、服務提供者，我們是否應該回到起點，想想把顧客看為「終極意義」的觀念是否正確？

文章	頁數	讀評
學習 羅維日	207	羅維日在〈學習〉裏，將重讀生比喻為遺棄在露台（騎樓）的蘆薈——枯黃焦黑，了無生機。升不上大學，頓有棄將情緒，羅維日將這種「低無可低」的感受表達得具體又準確：「迫得我後悔自己為何沒勇氣攀到國金二期去」、「我竟然能在長期凌亂的家裏，踏碎個不知用過沒有的燈泡」。備戰期間，「我」去畫班做助教，嵌入一則教與學的觀察：毛老師要孩子認真臨摹一盞檯燈（素描），但Chloe無心依指示、依樣照畫。老師不滿，Chloe依然故我，她的回應更引入家長的想法：「我這樣畫媽媽也會說好看的。」這個情況，不正是香港教育問題的濃縮版嗎？老師有一套想法，學生不認同，家長出於本能為孩子撐腰。三方角力，難為的畢竟是學生。羅維日又點出知識的匯通太生硬，流於強行嫁接。最後他嵌入一段李維．史陀的意見：「其中的意義和重要性我還是可以向每一個人說個明明白白」。至此恍然明白，這個重讀生考試失利，不是學問不夠，而是他的態度和學問不屬主流（我認識的羅維日有點特立獨行，總讀着同齡學生不愛、不會看的書）。學習為了誰，哪些叫學問？想通了，那盆蘆薈便有了生氣。

文章	頁數	讀評
困 譚敏琪	212	〈困〉的節奏非常緊湊，人物眾多，變化頻仍，大有補習社講求效率的速食感。譚敏琪用時間做框架：三時半、四時、四時十五分……七時十五分，而補習社的格局儼然是困獸鬥的圍城格局，四名老師坐在中間，學生圍坐在外面。作品裏所有人都是扁平人物——單一特徵、性格、思想的角色，這種人可一言以蔽之。四個補習老師是影影綽綽的周 Sir、「精通」多門學科的歐陽 Sir、常笑的胖子老闆和老是挑眉的她。她主要服侍小學生：小二的敬謙要人督促、小四的浩田懶散、小五的文珣卸責、小四的子俊耍滑頭，還有遲到的浩謙。數一數，她至少以一敵四（後來還有中三的俊華，補文學），忙着應付這些補習學生的典型。三名中學女生臨急抱佛腳，明天考中史，今天才要求歐陽 Sir 給她們寫重點。總之補習社內一個「亂」字，教與學都是虛應故事。作品是教育事業裏「受人錢財，替人消災」的一次演繹，三位老師領取日薪工資後頓成陌路人，然後明天由三點半起再來一次。這樣的一幕劇，暗示當今教育制度和文化出了什麼亂子？

文章	頁數	讀評
先生 王翔	219	王翔的作品不該讀粵語 sin3 saang1，而是日語 sensei（せんせい）—— 日語的「先生」是老師、師父。小說中的「我」和小聞因修習劍道，有幸在比賽中擔任紀錄員，因利乘便坐在先生身邊、近距離觀賞賽事 —— 這是極佳的位置。故事裏有三組互動人物：第一組是「我」和小聞（名字可能暗示他寡聞少見），第二組是先生和石田（旁證），第三組是比賽的劍士 —— 每組內部作對比，組與組之間又有連繫，結構可說非常巧妙。兩場比試的安排故意得有趣：先來一場浪費時間的超低水平比賽，然後才是萬眾期待的高手交鋒。同一個賽場，天壤的級別，場中那灘積水的意味便大不同了。積水是逐滴逐滴匯聚而成的，在察與不察之間留餘地。場內，小原在牌面佔優的二刀流宮本身上先取一分；場外，判斷得分的難題分出各人高下，依次為：先生、石田、我、小聞。這些關係好像告訴我們：優劣不能憑肉眼判斷，吹噓和逞強難掩鄙陋。我在創作課上講過《三國演義》關羽斬華雄的片段，該段以想像、烘托、對比的方式展現關羽的勇武。〈先生〉裏描寫宮本對小原，用的辦法別出心裁：一眾凡胎肉眼以為小原「單純的舉劍」，原來已是一次有效的擊打 —— 快得只

文章	頁數	讀評
		看見還原動作！描寫痛快又精采……當大家以為作品純粹記劍道比賽，最後一幕是大逆轉。積水「終於」影響高手對戰，審判長「正視」問題，叫工作人員速速抹地。「我」這個半桶水前輩擺臭架子找小聞去抹，小聞不在，「我」耽誤了一陣子才悻悻然去抹，卻見道行最高、深藏不露的師父竟「蹲着在擦那灘水」——「蹲」成了全文最震撼的一個字！下一個鏡頭，石田跟審判長談笑甚歡，這簡直是對自負、躲懶的人最準確的「撃打」。之前説的極佳位置，不只是觀看宮本對小原的最佳位置，也是寫作時切入的最佳位置。
然後你再怎麼想也只有零碎畫面了 陳棣霖	224	同學在班裏讀〈然後你再怎麼想也只有零碎畫面了〉，個個都喜歡。陳棣霖採用第二人稱敘述，「你」是個在土瓜灣讀書的內向孩子。這個作品充滿出色細節，例如：「你在搖搖板的紅色那邊起起落落，遠看着榮仔的臉忽高忽低」、「矮牆上古舊的磚頭是會説故事的紅色」、「信箱的信七横八豎地伸出頭來，有的信箱上寫有人名」、「你翻開一箱箱塵封的東西，塵蟎和回憶紛飛」。又有屬於某個年代的術語：「從數碼

文章　　頁數　讀評

暴龍、Miss Chan其實是男人到楊銘雞昨天在Seven篤碎人哋啲蝦餅終於比店員捉左」、「有時會把單行紙摺成東南西北」、「然後走到小賣部，咣啷一聲把瓶子放到紅色膠架子裏」、「彷彿窗外有成龍拍跳樓戲還是什麼奇異景象」……讓我們重溫童年的重點。跟別的校園故事相似，內向男孩終遇上喜歡收集舊物的開朗同學——榮仔，他跟「你」一起放學、約「你」踢波、回家參觀。老套但奏效的結局是榮仔突然搬家，從此失去聯絡，丟失了一段友誼。失落一段日子後，內向男孩離開土瓜灣，變成健談、抽煙、交遊廣闊的人，但發現新人比不上舊人，天地之大，惟獨土瓜灣住得最舒適。但土瓜灣變了，市區重建，古蹟活化……「你」抵抗流逝的方法，是努力留住當下：「你揉揉眼睛努力記下這裏的風景」。作品的信息很清楚：「你說世界進步得很快，不去掉舊何來有新？」但有些東西卻是愈舊愈有價值。物件可以收藏，但人情稍縱即逝。為什麼以前的天空又闊又藍？讀者有自己的答案。這個作品一直沒有交代「我」是誰，也同樣是給讀者留個選擇。

文章	頁數	讀評
憶九龍城舊居 陳健偉	232	我們對童年的一切，都有點不客觀的執著。陳健偉執著的，竟然是充滿飛機升降噪音的九龍城。這首詩寫的「故居」，正是啟德機場尚在運作的九十年代。初看此詩，有點不解，雖然暗暗覺得它是一首充滿真實感官經驗的好詩。那時的九龍城居民，不是日夜盼望機場搬走、讓該區回復清淨，讓樓價起飛嗎？不，那不是一個孩子的看法。「機身壓下了沉沉的陰影／炫耀着它閃動的腹眼」，才是一個男孩真正感到「有型」的東西。接着，詩人連用七個「蓋」字，一方面描寫航機的氣勢，另一方面也把九龍城故居的面貌、氣味、聲音和童年生活的種種描述出來。那時，樓房矮矮的，警察抄牌憑窗可見，嬰孩哭鬧鄰舍可聞，食肆飄香習以為常，電視天線隨手亂搭，生曬鹹魚人人會做⋯⋯這種雞犬相聞、「落手落腳」建構出來的生活，就是當日世情，也是導致作業本子「空白」的種種豐富。那時，媽媽或會嘮叨，但看管自己做作業的爸爸呢，卻只會打鼾。無論怎樣，在並不理想的環境裏，健偉成長了，而且在安靜的新家「憶九龍城舊居」，懷念當時充滿人間煙火的日子——而那正是有人在你附近、有鄰居、有聲音、有生活質感的暖和好日子。

文章	頁數	讀評
道風山行 張往	234	散文〈道風山行〉是尋找之旅。尋找的是什麼呢？也許這也在張往的尋找之列。作品中的三個主要人物是「我」，「你」和「父親」。後者雖然只出現了一次，卻是主宰着「我」思維取向的人。眾所周知，道風山是基督教的地段，山頂古色故鄉的建築羣就是信義宗神學院，不遠處有一個巨大的十字架；而「父親」是傳道人。張往帶着「你」（女朋友）重新走上父親與他走過的路，是一個讓對方了解自己成長過程的過程，也是二人同心尋找真正屬於自己信仰的過程。張往不願意把人生的方向放在父親的手中，因為他明白人的意志是自由的，也只有從這種自由衍生出來的信仰才是真信仰；但「自由是沉默的，隱藏在城市邊緣，並不刻意顯現在人前。只有心中追求、渴望實現自由的人，才會意識到它的存在。路牌上清晰標示着前路，一邊是沿斜坡上山，一邊轉向山腰的另一面。佛寺散發的幽香傳來，連同大地的氣息吐露，靜默無聲。」來自基督教家庭的他，決心擺脱父親的權力，親自上山觀看，他要看看事情的另一面，才下決定。另一方面，這篇文章同時也是寫實的。來到道風山，讀者會「目睹」他筆下細緻的一切。張往以他眼睛所見，在寫實

文章	頁數	讀評
		的層面之上進一步提升了信息、創造了意象。這正是這篇文字安靜的優勢。它能夠獲獎，並非偶然。

看罷這輯「浮動的世情」，我們的確找到種種不快的理由。然而退後幾步，調整焦距，它們交織成奇幻的提示：憑藉思考，我們找到力量、繼續前進。

災難

吳天心

中秋圓月在哪裏？
爪指向天的樹枝不答
一地落滿片片撕碎的月

落花只想靜靜埋沒草叢間
它有何罪
要擱在渠蓋上
憐憫的淚路過
點點蝕出斑

直至襟前小白花也化成泥土
煙花又開滿海港
他只看到那天那雙石眼睛
一如海浪上破裂的黑
那每夜緊攥他心的小手
一如試圖抓住夜空的煙花

海鳥

吳其謙

春雷轟響禁區
雨水洗去鐵皮上的尿漬
沒有人孤懸在囚室
沒有人低頭搖桿
臨時搭建的帳篷裏牛仔褲半濕
水蟻漫天飛舞
白飯魚鋼頭鞋互相借火
亮起灰灰厚厚的繭

一隻信天翁劃過海峽
帶着幽禁的傳說[1]
層層疊疊的棺槨
壓着亡魂
驚嚇的人啊還有雛燕
送來燒臘飯和明火例湯
他們仰天吞分得的湯渣
一場拔河
在畸形的頸椎展開
相信一紙契約會築起磚頭

相信可以回家吃蒸魚或
雪藏一支青島
於是他們以沙啞的鄉音
喊十五年前的口號
奪十五年前的尊嚴

候鳥歸去又來
飛翔的季節
碼頭疲憊的海鷗
終於，振翅躍起
冒雨飛上比吊臂更高的辦公室
觀音山頭盤旋
一團脂肪裏啄食
不會消化
面上凝結的鹽

註 1　碼頭工友死亡事件二十年間不下十多宗，多數由外判公司私下處理，加上主流傳媒未有報導，結果這些死亡事件只成碼頭工友的祕聞。

等待

朱惠芬

放涼了的咖啡漬
還沾在杯邊
黑白鍵上橫飛的手指
跳躍於JIODEF
和十戈木火水
晚上九點零七分
文件將夜幕拉長
成一道旋轉的樓梯
秒針於梯間伸延
冷氣機的水珠　悄悄
滑落
如鬆落了的領呔
打一個噴嚏　空蕩蕩的回音
飯粒濺在熒幕上

褪了色的柚木地板
客廳被鍍上一層昏黃
間或　遙控器上的左右鍵　失靈
晚上十一時十三分

湯　將夜結凍
皺折一層薄衣　輕輕披上
有時不是陳豪不是佘詩曼
而是習慣將身影鎖於發聲機面前
然後等待
才記起
遺忘在洗碗盆邊的戒指

深夜一點　還多跑了幾十秒
門匙偷偷鑽進了門孔
推開了疲憊
關上了虛空
匙羹與碗的碰撞
一碗翻熱了的豬骨湯
叮叮噹噹

那是怎樣的一個地方

姚偉銘

第一次遇到家豐是在戒毒學校。

因着工作的緣故，我有機會往大嶼山的那所戒毒學校做體育推廣。自從早陣子學校因遷校問題而遭傳媒大肆報道後，我開始對它感興趣。高峰期每天約有五至六批傳媒採訪，校長為免學生受到太大的滋擾，基本上謝絕訪客。這次，聽説因為大老闆的妹夫在學校擔任老師，校方才給公司這個方便，我也得以前往那所學校。

所謂「體育推廣」，其實不過是為他們量度高度、重量，檢查他們的脂肪比率是否超出標準等，還有和他們打打籃球，踢踢足球。説是推廣，倒不如説是探訪。那兒的學生都很年輕，很有活力，樣子比起身邊同事也善良、單純得多，單看外表絕對想像不到他們的過去。公司裏，只有我的足球技術比較像樣，於是我便負責教他們踢球，踢踢比賽，聯誼一下。家豐不懂踢球，但也一直留在簡陋的球場看着我們。記憶中他那雙眼睛裏充滿着好奇。

家豐是那兒的中四學生 —— 和那兒大部分學生一樣有古銅色皮膚，髮型是中學男生的標準短髮，扁塌而整齊；一張國字臉，臉上有一雙不大但有神的眼睛，鼻子筆直而嘴巴略闊，鼻樑上架着一副黑框眼鏡；身型比一般人健碩，但卻被他罩在深藍色汗衣內，而變得不起眼。我一直都沒有機會跟他說話，直至離開時，他按學校要求送我們下山。

「你進來多少年了？」我問。

「大約兩年吧。」家豐回答。

「兩年？那麼不是已經可以離開了嗎？」

「對啊，但我想在這裏先完成中五課程，再看看能否在外面升讀預科。」家豐似乎很有目標。

「哈哈，那麼你要加油啊！我曾問你的同學，很多都打算完成感化令便離開，很少人像你這麼上進呢。對了，你將來想做些什麼？」我問。

「我想當消防員，但你覺得我有沒有機會？」戒毒學校沒有什麼機會接收外來資訊，家豐一臉狐疑地問。

「當然不會！每件事情只要勤力一定可以做到，更何況消防員比起其他紀律部隊更着重對體能的要求，對學歷等其他方面都要求不高，你有恆心鍛煉不會有問題的。」我笑着鼓勵他。

「真的嗎？」家豐面露微笑，但隨即又憂心起來，「但我有犯案紀錄會不會有影響啊？」

「不會的！香港是文明社會，政府願意接納改過自新的人，不用擔心啊！」我回答。

家豐一直在我的旁邊走着，聊着大家的生活事。他說，冬天氣溫只有兩三度也要用冷水洗澡，我談老闆娘總愛狐假虎威勞役員工；他又問了我很多問題——一些只要上網一按便找到答案的問題。原來他們沒有對外通訊的機會，甚至連報紙也是兩、三星期才靠在外歸來的同工帶來。我終於明白為何他的眼神常常都充滿好奇。

「差不多離開，我還未知道你的名字和聯絡方法呢。我叫志恆。」我說。

「我叫家豐，但學校不許我們交換聯絡方法，抱歉呢。」他微笑着解釋。

我有點兒失望，道：「那沒有辦法吧。但你要記住啊，如果有目標便不要放棄，這段時間要加油呢！」

最後，他邀請我下次和朋友再來玩打野戰遊戲，我說一定，而且不會很久。那天霧很大，但在大霧阻止我道別之前，我與他都一直在揮手。我們就在微笑與不捨中道別。

那次的經歷是我久久不能忘懷的，因為那些學生們使我對人生有了新體會，也為我乏味而重複的生活帶來了新衝擊。我做了很多關於戒毒學校的研究，又花了很多時間籌辦一些義務計劃，探訪老人院、協助幼稚園舉辦陸運會等等，不知怎的，那次之後讓我覺得欠了他們，也欠了這個社會什麼似的，很想去作出一點補償。

自那年後，探訪戒毒學校便成為了慣例，每年大老闆總會帶幾名員工往那兒進行體康推廣。因為家裏出了些問題，今年的探訪我去不了，但心裏也記掛着那兒的學生，拜托了同事打聽打聽。原來家豐已經畢業，聽校長説他本來已十分好學，自上次傾談後更加積極，把身體鍛煉得銅皮鐵骨，也為學校在學界長跑賽事得了不少獎項。聽了這些我本來應該高興，但不知為何心裏反倒有種酸酸的感覺，內心深處總在擔心有些事情會發生。

我一直在咖啡室坐着，邊想着家豐的事情邊籌備着下一次的復康中心探訪活動，忽然一把熟悉的聲音叫喚我的名字。

「志恆，好久不見了。」

我抬頭一望，那張國字臉，那副黑框眼鏡，那雙不大而有神的眼睛，顯然便是家豐。和上一次見面不同的是他的衣着，雖然只是簡單的米白色長袖襯衣配上黑色西褲及黑皮鞋，但是整個人的氣質與上次截然不同；那件襯衣也不能掩蓋他的魁悟身型，尤其那兩塊二頭肌彷彿快要從薄薄的尼龍布中衝出，向別人告知它的存在。比起上一次見他，家豐的確煥然一新，一表人才；可是他手上拿着的掃帚卻叫我摸不着頭腦。

「家豐，真的很久不見了。你離校多久了？」我問。

「只不過是半個月，不過很幸運呢，這麼短的時間便找到工作。」家豐笑着回答。

「那麼短的日子，找到地方住沒有？」我問。

「找到了，我的遠房親戚答應只要我定時繳交租金，便給我地方住。」家豐説。

「是嗎……那現在這份工作愉快嗎？」我看着那掃帚，以及近看才留意到他身上的塵埃，不禁一問。

家豐拍拍自己身上的灰塵，回答：「其實我本是應徵當侍應的，可是經理看了我的履歷後便説只有清潔這位置空出。我回到市區後，每天都應徵十多份工作，可是他們都不考慮啊。我想可能是我的學歷太低了，於是便先做這份工作，解決了生活問題再想想能否再進修吧。哈哈，不過這份工作比想像中好啊。同事、經理都很好，只是時常清潔比較麻煩而已，但以前在學校都已經習慣了。」

我聽了後，好像有個鐵槌子重重敲着我的心。

「喂，你，不要偷懶啊，有客人離開了，你快收拾桌面吧。」家豐口中的好經理呼喝着他離開。「下次再聊吧。我記得你說過只要勤力有恆心，什麼事情也可以做到的，對嗎？」說完他便轉身繼續工作。

我呆在那裏，心中戚戚然良久說不出一句話、做不出一件事來。過了不知多久，我離開前把名片給了家豐，叫他有空便找找我聊天。

我開始明白我一直在擔心的是什麼，魔鬼的樣貌漸漸在我的眼前浮現。

那隻人人心裏都存在着的魔鬼。

那次見過家豐後，我的罪疚感更大了，那陣揮之不去的陰霾使我更賣力籌辦那些義工計劃。我不知道，我真的不知道為何好像欠了他們，但我總覺得無論做多少善事，幫了多少人，我也不能抹去那份自責與內疚。我不敢再去家豐擔任清潔工的那間咖啡室，有幾次經過那個商場，我寧願繞遠路也不敢經過那兒。不知過了多久，有一回我因為趕時間不得不再次經過，卻見不到家豐。

再一次接觸家豐已是兩年後的事。

那天午飯時間因為想省點錢而沒有跟隨同事外出用膳，只是在公司吃着家人弄的三文治。忽然電話響起，熒幕顯示是一個未有紀錄的來電。我接聽了。

「你好，這是香港體適能研究協會，有什麼可以幫你嗎？」

「你是志恆嗎？」

那是家豐的聲音。

我不知為何，趕快的切了線。雖然只是短短的五個字，但我似乎感受到那把聲音背後的絕望與困苦。家豐為什麼找我？他發生了什麼事嗎？還是有其他原因？時間不容我去細想，電話又再次響起。

「請問蕭志恆在嗎？」沒有錯，那的確是家豐。

「我是。你是家豐嗎？對不起，我剛才不小心切了線。特地致電到公司找我是不是發生什麼事了？」我問。

「你不是說過只要勤力、有恆心便什麼事情也沒有問題的嗎？」我想不到他會這麼問。「為什麼無論我到哪兒總有些人會待我不好？好了，待我半工讀完成預科，大學都不考慮我！為什麼啊？明明我的成績比起很多現在讀大學的人都好！後來我又想，反正我只是想當個消防員，沒有大學學位也沒大不了，政府的人竟然連面試的機會也不給我便說我不適合！原來人的過去是永遠磨滅不去的嗎？原來所謂知識分子就是連重新接納別人的勇氣也沒有的人嗎？」

我從未聽過家豐那樣激動。隔着電話，我彷彿能感受到家豐的傷痛 —— 他的淚滴在我手上了。

我聽着這番話，頓時語塞。我不知應該怎樣應對，我也沒有面目、沒有理由再去說服他。不知過了多久，待大家都冷靜下來，我才回答了他一句：「對不起。」

那次後我再也沒有見過家豐。聽說他又回到戒毒學校，又有人說他不想重回舊地而入了獄，也有同事說不知在哪間咖啡店還是茶餐廳看見他在當清潔工。

這天又是大霧彌漫的三月天，那團霧將我與他的距離隔得好遠、好遠。

連鎖

陳寶玲

(一)

P 城每兩位市民中，便有一位從事服務性行業，為了提供優質的服務，P 城有一句口號:「寧質疑上帝，勿質疑顧客。」每家公司，上至企業，下至茶餐廳，招聘人才的首要條件便是道歉誠懇和精於回覆投訴信，面試的情境題也多為「解決客人賠償要求」、「試用三分鐘向顧客道歉」等，坊間甚至把這類問題輯錄成《顧客永遠是對的！》一書，教人如何應對刁難的客人，出版首天已宣布即時加印五千冊。

(二)

馬先生住在駱駝山青巒閣六樓，下臨海邊公園，有天他終於按捺不住，提筆寫了一千七百多字去信投訴這個公園。他買進 P 城最佳地段的豪宅，每天經過公園卻被迫聽見超過四十分貝的鳥啼和五十分貝的蟬聒，而木棉樹的棉絮飄到身上，鼻子搔搔癢癢的，氣管很不好受，連坐在公園的木椅歇息，也有螞蟻爬過大腿，真惱人。他這洋洋三頁紙寄出後兩天，大堂便貼出告示，聲明屋苑管理處已利用射燈驅趕噪蟬和雀鳥，剪去木棉樹的果實，又把木椅附近的蟻穴通通堵住了。馬先生見狀，才消了一口氣。

(三)

泉叔點完菜後，開始大吐苦水：好端端的管理員變成了園丁，被派到公園趕鳥驅蟲，今天才算告一段落。說罷泉叔依然滿肚子氣，舉杯欲飲 —— 啐！啤酒是熱的！他人本已熱烘烘，想喝冰的東西降降溫，居然得了熱啤酒！喝了更為不爽。他揚手叫來夥計，轉念一想，夥計管不了事，還是找老闆最好。泉叔見到老闆，大罵起來，說啤酒不是冰的，叫人如何喝得下，說到激動處，髒話脫口而出，一二三四五六七，真不該。老闆捱罵到了第十分鐘，終於忍不住，提出讓他們全桌酒水免費，泉叔這才打住了。鄰桌的小夥子朝他們豎起了大拇指，令泉叔豪氣陡生。換過一打冰的啤酒，泉叔乾脆整支啤酒舉起，勝了。

(四)

趁着晚市未開始，李權走進陽光琴行接送女兒。還有六分鐘才下課，他坐在門外的長椅上，和鄰座的家長聊了起來。家長甲的兒子報了結他班，嚷着說長大後要作曲彈給媽媽聽。李權看見家長甲的笑容，不禁聯想：女兒將來會否作曲給自己呢？此時女兒跑了出來，撲向爸爸，一臉委任地說何小強取笑她彈得太差，是一頭蠢豬，要爸爸向老師投訴他。剛好何小強從課室出來，女兒便指着他說他欺負自己。何小強回以鬼臉，李權正要動怒，一個背着結他的爽朗青年在孩子面前蹲了下來，說「小朋友別吵架了，哥哥請你們吃糖果吧」，兩個小孩子的爭吵聲一下子平息了，他們馬上接過糖果，拆去包裝紙便吞，連笑容也甜得很。

(五)

阿騏下班後，背着結他走過銅鑼灣，突然靈機一觸：既然這個城市充滿怨憤，何不把怨憤全部唱出來？於是他參考外國的做法，在網絡上收集了大大小小的投訴：政府官員太笨、P 城氣溫太高、選美冠軍太醜、丈夫頭髮太少 —— 用結他譜曲，挑了一些投訴入詞。他唱了一段 DEMO 放到大豆網，不出一個星期便感染了十多人說，不如一起在鬧市中合唱來投訴這個城市吧？他們決定在星期天，在人流充足的行人專用區上表演。也就是今天，阿騏彈着結他，帶着合唱團引吭高歌，十多人的歌聲傳得很遠，有的人隔着百貨公司的玻璃門聽得見，先是探頭，後來甚至放棄了待在室內享受空調的機會，冒着熱氣聽聽別人的怨氣，「膠膠膠膠，加加加加」，也有人抱怨，為什麼不派發歌詞？

(六)

友台的新聞報道正播放中午時投訴合唱團的演出，「膠膠膠膠，加加加加」，幾乎掩蓋了女主播的聲線。放了一分鐘的歌唱片段後，女主播問，你對這個合唱團有何評價？只穿了一件白色內衣的老伯伯說，本來已很擠逼的路今天更不是人走的。中年漢橫眉說，哼，P城難道給這羣人唱上兩句便會好起來嗎？携着菜籃的家庭主婦嚷，那些歌詞膠膠加加的，在耳邊亂響，又難聽，誰知道他們在唱些什麼。

(七)

鏡頭一轉，女主播的右方突然多出了一個戴着熊貓頭套的人，舉起一塊紙板，寫着：「友台新聞，無聊死人。」播出之後，這個畫面被網民截取下來，放到討論區和社交平台上瘋狂傳閱。逾五百萬個留言中，七成都是負面評價。有人更把圖片加工，重新創作。在短短一星期內，這張圖片便演化成無數版本，令熊貓人在P城走紅。

學習

羅維日

應是自放榜那天起就沒再寫文章了，這段日子我一直都把自己關在「騎樓」溫習，一天六、七小時，總想消耗盡每分精神以忘記悲憤。這比上學更像一份沒薪水的工作，同樣來得沉悶，又同樣來得孤單。

心情不好時，我總愛執拾家裏的雜物，把向來凌亂的東西統統堆到地上，再逐項放好，就似把腦裏的瑣事重新整理收妥。某天我在騎樓的一角發現一盆久無人理的蘆薈，原來厚實常青的葉子都變得枯黃焦黑，了無生機。我想反正我幾近足不出戶，便開始為它翻翻泥，澆澆水，巴望它能起死回生。

以前我一直視寫作為一種救贖自己的方法，把事件謄寫在紙上好好回顧，並讓文字化作咒印，彷彿就能將那種憂愁重重鎖進原來的雪白裏。記得那天我完全沒有哭出半滴淚，下午回校查詢成績的上訴結果，結果白跑一趟。要是世界在那刻崩塌，聲音也許會像首溫柔的安眠曲，和着失敗，甜美地點綴當時低無可低的我。

回家後我只是坐着，看着同學網上的喜訊，我卻只能沉默。賣弄悲情從來與我格格不入，我也無法為他人高興，只可光坐着感受胸口中掉落了一半的空虛，而偶爾的錐心倒也實在。親戚的慰問電話都由家人代聽，我想要是他們真能明白失敗是什麼，就不會勉強鼓勵，迫得我後悔自己為何沒勇氣攀到國金二期去。

但晚上我下定決心，翻着那疊沒扔掉的高考筆記，又草草編好一份溫習時間表。

次天醒來時還好，甫坐下對着筆記，卻有種難以壓抑的痛。要是運氣沒有下限的話，當日我就演練了一遍谷底下的谷底。我竟然能在長期凌亂的家裏，踏碎個不知用過沒有的燈泡。只是當時我仍不懂得鬧情緒，只是悵然地坐下，注視着右腳的傷口，血漸漸湧出。我拖着血漬走到洗手間，輕掩着門，扭開水喉朝傷口猛沖，淚便流下。

最近找了一份畫班的助教工作，大概重讀生根本無法面對「為他人補習」這回事，自我形象低落得往往感到誤人子弟。助教的工作倒也適合我，學生都是幼稚園生，有的到來就只希望塗鴉，有的則較聽從老師的話但仍在畫紙上塗鴉，有的手指較靈活才會畫些像樣的東西。

我的工作很簡單，偶爾抓緊小孩的手引導他們勾勒物件的輪廓，或裝腔作勢地維持課堂稍縱即逝的秩序，看着小孩子逗我玩，也是有趣。面對人的工作能學到很多東西，面對小孩子的就能反思更多。

今天的課便是那樣，少年班的 Chloe 突然不專心起來，懶理老師的教導畫一幅普通的素描。朋友中叫 Chloe 的都頗美麗，但都欠缺她的倔強。她整課都在用鉛筆為座檯燈加入大量無謂的支節，幼嫩的筆觸無法表達任何超現實風格，湊起來的畫像潦草一樣的凌亂。

少年班也不是浪得虛名，毛老師講完課後，距離下課還餘十五分鐘。她就走到 Chloe 旁，板起臉要求她再畫一遍。Chloe 似是聽從就把畫紙翻轉，重新描繪出座檯燈的線條，可是她明顯心不在焉，才畫過兩筆又胡來。毛老師便收起她的畫紙，吩咐我再拿一張給她。

歷史只在重複，毛老師漸漸受不了，就以嚴苛的語氣質問她：「你知不知你浪費了我多少張紙？」Chloe 兩眼紅了一圈，瞪眼瞥了瞥毛老師，又努力地繼續畫。但她的心神已遠離，怎也畫不好了。

終於，Chloe 壓着聲線對我們說：「我這樣畫媽媽也會說好看的。」

於是一室無話，我看到毛老師聳了聳肩，眉宇間也稍稍放鬆，時間無多，也就此作罷。毛老師着實不是個惡老師，課堂以外的她十分溫文，只會在上課時擺起老師的嚴肅。而小孩子也不會怪她，反正以前的課堂裏她們都玩得愉快，這點小事她們太易遺忘。放學時，幾班的小孩團團圍在門口排隊，熱鬧不已，Chloe 也似往常般輕鬆地笑着。

其實我們都是些很簡單的人，無求什麼，只想快樂罷了。

回家後便又埋首厚厚的中史筆記，數星期前起我每天做一條題目，慢慢增加份量，今天開始做三條。都已是第三年面對這疊筆記，要達到這種水準也並非怪事吧！今天做的題目分別為：史學史的「司馬遷自言其史學思想為『究天人之際，通古今之變，成一家之言』，此説當否？試析論之。」、思想史的「道家言道，儒家亦言道，兩者的道有何不同？」和宗教史的「佛教於魏晉南北朝期間得以在中國大盛，其故安在？試析述之。」

二十多年來考題要數思想史那道最難，第四次挑戰亦徒勞無功。寫不夠兩頁便感到文章一塌糊塗，無論給誰看也能挑出結構、資料上的毛病，只好歸咎於這是問題的問題，明明「儒家之道」與「道家之道」就如宗教跟科學、汽水罐及「水喉通」般，是完全無法比較的東西，問題只是抓緊個相同的字，對學問毫無意義。

放棄那道題目半晌，窗外便下了場雨，雲霞掩去屋邨後的山峰，嘩啦嘩啦。昏暗的騎樓別有番格調，分外適合拜讀擱在筆記上那本李維．史陀的《憂鬱的熱帶》。沉甸甸的是塊紫色的磚，封面上的老人平躺於他一生也沒學過的中文字上，化作絕佳的紙鎮。

沮喪之時我偏愛翻讀這本書，它紀錄作者遊歷南美洲與印第安土著進行人類學的田野考察的所見所聞。課外書總比所有考試筆記好看得多，我曾以為它能剛好陪我度過整年重讀的生活，但數百頁原來只需花數星期的偷閑便讀完。

憑藉它我才知曉天涯海角裏有些人生活簡單又美好，儘管沒披着「文明」的外衣，但追隨作者一筆又一筆的深刻描繪，愈趨赤裸的認知更能明瞭他們文化中的瑰麗。要不是它讓我深深地折服於作者斑斕的思考當中，我早就忘卻學術從來都是一件高貴的事。

於是我就用了一場雨的時間，重讀〈日落〉。

「如果我能找到一種語言來重現那些現象，那些如此不穩定又如此難以描述的現象的話，如果我有能力向別人説明一個永遠不會以同樣方式再出現的獨特事件發生的各個階段和次序的話，然後——那時我是這麼想的——我就能夠一口氣發現我本行的最深刻的祕密：不論我從事人類學研究的時候會遇到如何奇怪特異的經驗，其中的意義和重要性我還是可以向每一個人説個明明白白。」

——【法】李維．史陀（1908-2009），王志明譯：《憂鬱的熱帶》，P.68

然後我便憶起，Chloe 的話，以及自己能夠堅持的原因。儘管她嬌小的腦袋早已遺忘今天的事，我也必將在下週告訴她，學習過程即使苦痛，但或許要憑藉此，方能瞭解到畫一張畫所隱含的意義，可能比起一片蘋果的滋味裏所帶的學問還要多。

然後雨停了，置在窗前早已枯萎的蘆薈，也有了綠意。

困

譚敏琪

下午三時半。

歐陽 Sir 從來都比她準時來到補習社，他隨手丟了一疊學生的練習給她，她看一看紙上東歪西倒的字迹，輕輕地歎了一口氣。

「受人錢財，替人消災。」歐陽 Sir 淡定地說。「你坐哪一邊？」

「隨便，我兩天沒睡了……」看着桌椅排成一個有缺口的長方形，她側了側身，進入圈內，拿起一枝紅筆，坐在他身旁慢慢批改練習。

「今天有很多學生。」歐陽 Sir 批改練習的速度是奇蹟 —— 有學生是這樣說，因為實在太快。

「又是四個人教？」她最討厭這種情況。一事無成的弟弟，最討厭讀書？這是什麼造句，她狠狠地圈着這一句。

「周 Sir 會過來嘛。」歐陽 Sir 又開始修改另一疊練習。「老闆也在。」

「哦。」

四時。門口的風鈴響起。

第一個學生來了，小學二年級的敬謙一進來就很大聲地問：「我坐在哪裏？」

她放下手上的練習，走過去說：「隨便你，坐這裏。」指了指最接近門口的位置。

「又是坐這裏……」敬謙嘻皮笑臉地說，又和她身後的歐陽 Sir 打招呼。

「坐吧，今天有什麼功課？」她坐下來，招呼這位大帝。

「有英文、數學、常識……還有中文。」敬謙從書包裏抽出一個文件夾，文件夾好像百寶袋，永遠都有拿不完的東西，不消一會兒，工作紙、練習和書本就鋪滿了半張桌子。

「那你做完功課了嗎？」她竭力地從這堆東西中尋找他的家課冊。

「當然沒有。」敬謙一下子就苦了臉，拿着筆，開始做功課。

她挑了挑眉，繼續裝作看他的家課冊。

之後有中學生來了，他們自覺地走到最裏面的桌子，放下書包，那裏是他們的地盤，老闆不碰，別的老師也不看。歐陽 Sir 還是一派悠然，交叉雙手，嚼着口香糖。

「Miss，不會做！」一本語文作業直插她的眼底。

「什麼不會做？」她心想，連說話都錯，難怪不會寫作業。

「全部。」敬謙說得特別坦白。

她笑了笑：「其實不是太難，不如我們一起看看第一條題目。」

四時十五分。周 Sir 來了，他常常穿着一件薄毛衣和牛仔褲。她很少聽見周 Sir 說話，大概因為她和他的距離太遠。

歐陽 Sir 開始忙碌了，就算她正在教敬謙做英文功課，也無法聽不到他的尖叫：「什麼？明天考中史，你要我一口氣由唐代說至清代……你殺了我吧！」

坐在他面前的三個女學生語調輕鬆地說:「你行的！快點說吧。」

歐陽 Sir 抿了抿嘴，拿起一張白紙，開始在上面畫起圖表，說：「好，我們從唐代的三省說起，三省即是……」

小學四年級的浩田來了。其實沒人會不知道他來了。

他一坐下來，立即大喊「好熱啊！好熱啊」，並且像用盡畢生力氣般把書包扔上桌面。她又是挑了挑眉，然後把書包拿下來，問：「做完功課了嗎？」

「當然是做……不完。」浩田拿着一條半黃的毛巾，不停擦拭他的頸子，他還在喘氣。

「那你休息之後，儘快開始。」她有預感浩田七時也離不開補習社。

「我剛上完體育課，跑完步，很累啊。」浩田伏在桌上，有點像死屍般僵着。

她沒有理會浩田，繼續和別的學生溫習。

小學五年級的文珣客氣一點，把中文工作紙推到她面前，「Miss，你幫我做吧。」

歐陽 Sir 從宋代重文輕武中轉過頭來，「幫你做？自己做吧，Miss 能幫你做，就得幫全部人做。」

文珣皺起了一張稚氣的臉，為難地說：「我不會做嘛！我還有七份功課未做！」

「那你儘量做，不會的我再教你。」她手上還放着一大疊未核對的作業，到底現在的小學教什麼鬼東西？

小學四年級的子俊來了，他坐在浩田旁邊，一放下書包就不停說話。

「子俊，今天有功課嗎？」胖嘟嘟的老闆不知從何處殺進來，一臉笑容看着瘦得和猴子一樣的子俊。

「沒有功課，但是有中文默書……媽媽說不用在這裏默，叫我來做練習就好了。」子俊見老闆想拿他手上的中文書，就連忙改口風。

她早就看穿這些小把戲。

「Miss，麻煩你幫子俊影印一些練習。」老闆雙手互搓，笑瞇瞇地對她說。

「哦。」她似乎沒有見過老闆發脾氣。

把未核對完的功課丟給歐陽 Sir，又站在課室外的影印機，機械地翻着補充練習，聽着滾輪滾動的聲音，然後手往下伸，就接住了一張火辣的練習，隨手就放在影印機的托盤上。

周 Sir 慢條斯理捧着一本會考練習走到她身後，她瞄到封面寫着物理，挑了挑眉，又把練習翻到新的一頁。

五時半，敬謙離開了，他的功課做完了，她喜滋滋地歡送他離開。

五時四十五分，浩謙來了。他說話總是帶着懶音，聽得她很辛苦，然而身材略胖的他讓她想起過年門上貼着的招財進寶。

歐陽 Sir 走過來，逗着浩謙玩了一會兒，然後就出去了。她心知不妙 —— 見到中史書才說到明代的部分。

「Miss，你能教我們明代中央集權嗎？」三張青春亮眼的臉孔笑得特別燦爛。

「行……」她扶了扶眼鏡，看着比自己的筆記內容還少一大截的教科書，重重地歎了一口氣。

「Miss，不會做！」這次是子俊發出求救信號，他的上半身躺在桌子上，她常常笑言這是奇人奇技。

「為什麼不會做？」歐陽 Sir 及時出現，接過了子俊手上的數學練習，「找出因數很難嗎？」

「我不會做！」

好理由！她發現今天聽了這句話很多次，望回中史書 ——「明代的中央集權有什麼壞處？」

歐陽 Sir 應該坐了她本來的位子，教中三的俊華中國文學。

「《楚辭》是南方的文學，代表人物是誰？屈原，他的學生是宋玉，代表作品有〈離騷〉〈天問〉〈九歌〉〈九章〉……」歐陽 Sir 的聲音在她背後響起，她還以為自己回到大學課室裏上楚辭課。「〈九章〉有九篇，〈九歌〉也有九篇，不是很好記嗎？」

啊，錯了。她本來寫着字的右手頓了頓，然後又繼續幫學生寫重點，明代的滅亡原因：宦官、外族、內亂……

七時十五分。

什麼人都走了，老闆哼着小曲點算今天收到的學費。

「這是你們的薪水，算清楚沒問題就簽名作實。」老闆笑呵呵地把支票遞過來。

拿着支票，離開補習社時，風鈴清脆作響，大家匆匆說聲再見，就往三個不同方向離開，沒有回頭。

先生

王翔

那柄笨極的了竹劍，揮舞起來如同老吳的斧子，笨拙、緩慢、每一劍都劃出一致的弧線，落在一個大家都知道會敲上去的點上，可惜的是，對面的那顆腦袋，卻不是杵着不動的桂樹。說不是桂樹，但也不比桂樹強多少，那顆頭彷彿是一隻老得跳不動也跑不快的兔子，一顛一仆，一面大口大口地喘着粗氣，一面躲避着那柄要命的敲鐘木。

「修練不足啊，才過了兩分鐘就喘成這樣。」我越發不屑地別過頭去，不去看場內的兩個小角色，自顧和旁邊的小聞說道：「十公斤的防具和半公斤的竹劍要起來不是鬧着玩的，這兩個人，再過三十秒，我看連手臂都舉不起來了，看他倆還怎麼打。」

小聞輕輕地「嗯」了一聲，顯然他也悶了，畢竟，這兩個小角色，演的終究是場鬧劇。

先生的眼睛，像極了畫裏讀《春秋》的關二爺：半瞇着眼，漫不經心地睨着那兩頭笨牛，斜眼看着他們把劍鍔相抵在胸口，推——搡——鬥犄——然後再分開、再一次地推搡。那兩個拙劣家伙，實在不像話，要是換我下場，比賽早就結束了。現在可好了，得要等到兔子不長眼撞到樹上去，對面的老農才有放下鋤頭的可能。

鬧劇總是會演完的，比賽隨着其中一頭笨牛的腳滑了一下摔倒在地，犯規失分收場。想來倒也是，看他倆累成那副德性，得分是不可能的，最惱人的是：這平局加時的比賽，除非分出勝負，否則就得一直乾巴巴地耗下去。我偷偷瞄了先生一眼，先生的目光正瞟着桌子下面，似是看時間，也像是跟師母發簡訊。先生旁邊的駐場旁證石田先生，也顯得很煩厭，揪住我交代了兩句，理了理身上燙得筆挺的西裝，逕自走向總審判長處和他攀話去了。

劍道場的老爺冷氣機正往場中央滴着水，我故作沒發現，反正那種等級的選手，摔了就摔了，我總是對初級劍手的喘氣竹棒子鬥毆不耐煩，而把心神注放在下一場的高潮：由北海道九電劍館的宮本先生，對關西大阪府立大學的小原先生。

小聞比我更加興奮，他是第一次看到這段位的高手過招，纏着我問個不停：「前輩，那位宮本先生用的可是二刀呢！你看，會不會是宮本武藏的傳人來了呢？」

「前輩你看，這二刀的架勢，硬是要得。」

「前輩，你說是二刀流厲害還是一刀流厲害呢？」

「前輩……」

……

你問我，我問誰去？不得已，只好硬着頭皮應付道：「二刀吧，這宮本先生用的二刀持法我倒是沒有見過，但看他左手長刀指着對手喉嚨，右手短刀護住面門，我猜想單刀很難攻入。」

「所謂二刀流，有正二刀和逆二刀之分，小弟弟，你見過的正二刀是右手長刀上段，左手短刀中段，而這位宮本先生呢，用的是逆二刀的構式，右手短刀上段，左手長刀中段。」那位和審判長聊得正歡的石田先生，不知道從哪兒也冒出來，發表了一番見解：「能使用二刀者，無不是力量和技術上皆有過人之處的劍士，而這逆二刀的短刀，可以很有效地擋住小原先生最擅長的擊面，我看，小原先生必敗。」

先生似是發完了短訊，把手機往那洗得發白的藍色劍道衣裏一塞，嘴裏嘮嘮叨叨像是夢囈般的話，小聞和石田先生都沒聽見，我離先生近了點，隱隱聽見他悄聲道：「這武無第二，還得比過再說。」說罷，把旁邊椅子上原屬於他的西裝掛在擱在牆角的竹刀袋子上，招呼石田先生同坐。

用不了一分鐘，場中的裁判證明了先生的話是對的：小原得分。

兩位先生的手出奇地穩，彷佛像畫裏的手，靜止於場上的空氣裏，連帶被凝結的，是一眾劍手看客的眼神 —— 沒有人發出一丁點的聲響，全都屏氣凝神地注視着這場比試。但是沒有人懷疑過，兩雙手一旦動起來的聲勢。三柄竹棒拿在他們的手上，變成了另一種東西，任何攝影設備都只能拍下場上有三柄竹棒，可是在所有人的眼裏，沒有人會認為那是竹棒。

小原先生握着竹劍的雙手，在我看來，就像一個被火燒似的反射動作，「刷」的一聲，突然舉高，惟一不似反射動作的是：那一劍比所有的反射動作都快，更像是一道電光，晃花了場中所有人的眼。

我和其餘的人都只看到了小原先生舉劍，但我卻隱隱感覺到，那或許不止是個單純的舉劍。場中審判舉旗，示意那是個有效打擊。就這樣，在我和小聞誰也沒看懂的情況下，得了一分。

這下，我和小聞可就犯難了，我們誰也沒看見小原先生的劍，這得分表格怎麼填呢？我們只好把求助的眼神投向先生們。石田先生也察覺到了我倆的尷尬，跟我倆說：剛剛那一分，應該是一個擊面，他隱約看到那是一個很快的擊面動作。

「錯了，石田，是擊甲手。」先生悠悠地把眼神移離手機，糾正石田先生道：「擊中的那一剎那，你可有聽明白？那是擊中甲手的聲音。」

比賽場中間的那幾滴水，慢慢有了結成一灘的傾向，宮本先生和小原先生，不能不繞過那灘水來騰挪，審判不得已喊了暫停，示意我們得把地板擦乾，我正想吩咐小聞，又不知道那小子溜去那兒了，一看，其他工作人員也不知去那兒了。這羣混帳小子，我罵罵咧咧的找來抹布，還順道找了那幾個小子一趟，沒找成，正認倒楣回去擦地板，我驀地看見——我家先生，正蹲着在擦那灘水。

另一邊廂，石田先生和審判長笑得正開心，似是在聊什麼有趣的話題。

然後你再怎麼想也只有零碎畫面了

陳棣霖

那時候，你在一間靠近海的學校讀書。一開始偶然還有飛機轟隆隆地駛過，於是老師皺起眉頭，同學們開始喧嚷，依嘩鬼叫。你總是靜靜地坐在班房的最後一排，百頁簾沒有放下的時候，你會把目光投向窗外，窗的一半是交錯的樹枝，有時剛巧看到葉落下的一瞬間，但其實你較喜歡仰望天空，那是一種寬廣而靜謐溫柔的藍色，和室內的聒噪恰好形成對比。而在陽光猛烈的日子，你會專心研究前面男同學校服衣領上的汗漬，假裝沒有發現鄰座女同學在櫃裏織手繩。班上的女同學經常聯羣結隊到街市對面的檔仔買珠仔，編織成五顏六色的小飾物。其餘時間，你都在聽同學説話。鄰座同學換過好幾個，有男有女有胖有瘦，可是都一樣愛説話。從數碼暴龍、Miss Chan 其實是男人到楊銘雞昨天在 Seven 篤碎人哋啲蝦餅終於比店員捉左，你都會耐心地聆聽，偶爾點點頭或是睜大眼睛作反應。老師總是趁這些時候喚你回答問題，而你會繼續沉默，有時垂下頭或者搔搔腦袋，作點反應。

課堂時間以外同學們都很少和你説話，有時説上一兩句又會不自覺稱呼你「自閉仔」。你倒也沒什麼，繼續坐在一角，甚至覺得此時自己蒙上一層憂鬱的藍，其實不錯。

後來學校安裝了冷氣，機場卻搬走了。升班以後，課室在六樓的轉角處。自此以後你除了偶爾給老師反應便只專心眺望窗外。隔着兩層玻璃，你會想像天空和海洋的盡頭。這次鄰座同學和你一樣沉默，沒有在睡覺的時候，他會在書上塗鴉，有時會把單行紙摺成東南西北，再在四個方位繼續畫課本上未畫完的畫，或者在你的課本最後空白的一頁，塗上一整頁愉悅的藍天。

你終於開口。他說可以叫他榮仔。

你開始無法專注於窗外的風景，總想偷看他的畫。

「諗緊咩啊你？」

榮仔飛快地伸出手拍打你的頭，叫你一起吃午飯。

後來，你放學時會和榮仔一起回家。因為你們住在附近，回家只需要橫過五條綠燈公仔走得特別快的馬路，和一條中間有裂痕的行人天橋。你總是努力走在橋的正中間，將視線放在遠看樣子像西蘭花的大樹上，以免看到橋下車子呼嘯而過的景況而心跳加速。從橋的一端走到對面要經過兩支高得看不見頂部燈泡形狀的電燈柱，榮仔總是會在和它們擦身面過時向上望。你終於也忍不住跟隨他循着燈柱向上望，卻立刻雙腳發軟。榮仔毫無顧忌嘩哈哈哈地笑。

「不如今日一齊嚟踢波啦。」榮仔囑你完成數學練習便要來了，因為你抄書很慢，會讓人等到太陽下山。

你其實不喜歡運動，所以坐在球場旁邊，只有榮仔和他的朋友跟皮球追逐東奔西跑。你給猛烈的太陽曬得頭昏腦脹，感覺肩上以至整個背部的皮膚都要溶化，變了一地無法還原的汗水了，於是你站起來打算離開，卻因此吃了人生第一記波餅。榮仔笑了很久，你卻一點也沒有生氣，還是趕着躲避烈日。

榮仔坐在滑梯上，毫不留情地一口氣把整瓶可樂啜光，然後走到小賣部，咣啷一聲把瓶子放到紅色膠架子裏。你在搖搖板的紅色那邊起起落落，遠看着榮仔的臉忽高忽低，你開始想起海浪撫摸海岸線的模樣。很久以前，爸爸說好要帶你去一趟海灘的。那是個遙遠的國度。

「連波你都唔踢，究竟你平時有咩世藝嫁？你唔係淨係鍾意覘天望地掛？」榮仔皺着眉遞給你一包紙巾，一滴汗從他的額角滑落，你卻趕不及打開那藍色包裝袋，只看着汗珠懸在他的鬢角，反射刺眼的陽光。

「唔通你鍾意玩數碼暴龍卡？」

你說不好笑，搖搖頭並把最後一點汽水喝完。

「再咁樣落去你唔止孱弱，仲會少年痴呆。一係嚟我屋企打機啦。」

榮仔說完便把你手上的玻璃瓶拿走，走到小賣部把瓶子放好，大步邁出公園。你在步出樹蔭以後，偷偷瞄了一下天空。太陽正落力地照着，過了好一陣子，你眼睛前方的那一點光才開始消失。

榮仔和你家相隔一條街的唐樓，那裏有十三條以動物命名的街道，他住在龍圖街。對面是一座古怪的建築物，矮牆上古舊的磚頭是會說故事的紅色，並非耀武揚威的鮮紅，也不是低沉嚴肅的暗紅。是一種你想每一塊磚頭仔細閱讀的顏色。而牆上有幾扇疏落的窗，窗框上的綠色已經逐漸褪去，鐵枝窗花上的鏽迹卻鮮艷着，窗上的一行磚砌成拱形。榮仔笑說那像眉毛，你便說那瓦片屋頂一定是頭髮了，他問那麼頭頂的煙囪是什麼？你笑着回答，那是剛睡醒的證據。

榮仔說他真的很喜歡這裏，希望一直住在這裏。你知道他喜歡舊東西，捨不得把東西丟掉，用完的習字簿也要儲起。你有時會取笑他是垃圾仔，說旁邊便是垃圾站你快點過去。

「係垃圾仔所以同你老死囉。」他說那些東西有感情，沒辦法。你說世界進步得很快，不去掉舊何來有新

「或者啦。有啲嘢取代唔到。」他說東西用過才會舊。舊的東西有人的痕迹，觸感和氣味都因而獨特，是生活甚至生命的一部分。世界變得太快，於是一切都很陌生。他說世界已經夠支離破碎了。

他家樓下的鐵閘開着，信箱的信七橫八豎地伸出頭來，有的信箱上寫有人名。唐樓的樓梯有點窄，而且陡斜，一層大概只有兩戶

人。有的人在梯間晾衣服，泛黃的上衣旁掛了一條牛仔褲，而褲腳已經開始脫線。另一層的牆上「請勿隨處便溺」六個大字的正下方便有一灘可疑的水。你拉着榮仔衣角，步步為營，生怕踏到什麼陷阱。榮仔和父親以及哥哥住在頂樓的左邊。門一打開，只見室內煙霧迷漫。

榮仔看見你皺起眉頭，鞋還未脫下便對着房門大叫。

「好臭呀，咪係屋企食煙啦大佬！」

門應該很舊了，打開的時候依啞一聲十分響亮。榮仔哥哥穿着紅藍色格仔襯衣走出來。

「有冇聽過讀萬卷書不如食萬寶路呀，死仔。」榮仔哥哥一句話隨着啪的一聲給關在門外，屋中只剩下榮仔和你，還有一陣隱約的薄荷煙草味，以及美的電風扇在嘎嘎作響。

「點呀，洗唔洗去窗邊抖啖氣？」你其實許多次在他身上聞到同一種味道，你終於鼓起勇氣說你想要試一下。

「吓？」他皺着眉，本來不大的眼睛瞇得更小，一直看着你。最後他歎了一口氣，順手拿起茶几上的薄荷萬和打火機，抽出一支細長雪白的煙放在唇上，噠的一聲，火同時照亮了你們的臉又熄滅掉。他猶豫不決，你從他手中搶過煙來，用力地吸了一口，然後咳個不停。

「細路仔學咩人食煙。」他笑着把煙奪回，然後你眼睜睜看着他呼出來的煙圈迂迴地向上走，慢慢消失不見。你在他的房間參觀，地方不小可是塞滿雜物，一個個紙箱疊起來竟然比他高。你看見桌上排着一行打火機，笑說榮仔你會不會太誇張打火機用完也不願丟。

「我估我第時會係收藏家。」你瞪他一眼，突然開口問他你算是舊的東西嗎？

「吓？」

你會不會是他剛才說的那些什麼生命一部分呀。

「⋯⋯咩事呀你，老友呢啲歷久常新架麻，打機啦。」

可是你們幾乎沒有碰過遊戲機，一直躲在房中看榮仔的畫作。這時你才發現唐樓是由下至上愈來愈窄的，天台的魚骨總是一副爭先恐後的樣子，而且有些沒有稜角。你說你還不知道有咁圓潤嘅樓，他說你不要只看遠的，有時間好好記下身邊事物。他在你走的時候拍了你的頭一下，告訴你說你無法被取代，還紅着臉說友誼永固呢啲老套嘢我唔講架。

在學期結束，你正要叫他帶你到海邊玩的時候，他告訴你他要搬家，下學期便會轉校。他說在手冊中抄下了你家電話，到了新家馬上打給你。

「等我電話呀。」他拍一拍你的頭。

彷彿窗外有成龍拍跳樓戲還是什麼奇異景象，你的眼睛一秒也沒有移動過，也堅決不看他。他説趕着回家收拾東西，放下你借給他的書便走了。

你一放學便跑回家等電話，可是一等就是好幾個月。你到他舊家按門鈴，在街上到處流連，希望碰上他。你開始懊惱為什麼沒有和他好好道別，或是拿個地址。

一段時間以後，你也離開這個地方出國讀書了。你後來成為了煙民，開始健談而且喜歡説笑，陸續交了幾個女朋友或是男朋友，卻每一個都很陌生。你到過好幾個國家居住，然而每一個地方都面目模糊。

好些年後你才回來。你翻開一箱箱塵封的東西，塵蟎和回憶紛飛，讓你一直打噴嚏流眼淚。掀開泛黃而且散佈零星黑點的福爾摩斯全集時，你想起榮仔，不知道他現在成了畫家沒有。書的最後一整頁藍色的天空和海浪，海邊有兩個火柴人。你想起榮仔説要帶你到海邊教你游泳，所以你認真地去買了人生中第一件泳褲，就是畫中人穿着的粉藍色泳褲。你捧着書本發呆。你突然想像榮仔看這書的時候揭來揭去找線索的樣子，與他在最後一頁畫畫時握筆的姿態和全神貫注的表情。你記得他認真時總是皺着眉頭。

你的煙抽完了，於是到便利店去買，順道繞到十三街看一看。

你怎麼也想不到街市後面會建了酒店，四周錯雜地冒起了一幢幢摩天大廈，而一羣唐樓外牆掛住的「田生集團多謝街坊支持，成功取得八成業權」橫額更令你覺得莫名其妙。古怪的紅色房子成為了牛棚藝術村，看上去卻比從前矮小了一點，垃圾站卻還是很臭。大廈老了很多，外牆晾衣架等鐵枝的鏽痕沿着牆壁往下蔓延，遠看像一道道皺紋。

你奮力把煙蒂扔向掛在五樓大廈外牆不知所謂的橫額，卻看着一行橙色在你眼前劃過，然後無聲墜落。於是你坐在牛棚門外一支接着一支地吞雲吐霧，看着呼出來的煙圈迂迴地向上走，慢慢消失不見。你揉揉眼睛努力記下這裏的風景。

你回家的時候抬頭看了一眼，果然，這裏的天空只剩下這麼一小片了。

憶九龍城舊居

陳健偉

天空曾經是長方形的
是兩旁矮樓夾着的一片藍
卻給機翼的純白輕輕刷走
一時截斷了天臺上亂插的觸手
蠶食天空的慾望
機身壓下了沉沉的陰影
炫耀着它閃動的腹眼
正伸出黑爪要抓攫大地
拖着一股耳膜熟悉的壓力——

蓋過車道旁「抄牌啦！」的吆喝
蓋過一樓嬰兒驚醒的啼哭
卻總蓋不住泰式燻魚的焦香和
二樓晾曬咸魚的鹹腥抗爭——
一場漫長的文化衝突
蓋過隔壁粵劇的鏘鐺
蓋過爸爸的鼾息
蓋過媽媽的嘮叨
蓋上了空白的作業簿　我

想再披上這親切的陰影
做一場午間的夢……

然後寂靜呼喚起耳朵深處的蟲鳴
不情願地睜開眼睛
天空沒有了界限
卻是如此的空虛

道風山行*

張往

行走是一種溫度。

道風山悄然屹立在城市的邊緣。冬去春來，天空如初秋明淨，似是對仰望天際的人揭開面紗 —— 是自然的心語嗎？我靜默地等待你的到來。我們在陌生的地方約定，有多久沒登山遠行了，彷彿是數月前……不，已是去年春夏之間的事。眼前人羣流連，我把呼吸節奏漸漸放慢。不一會，你揹着背包一路走來，早已整裝待發。原來幼時來過的小山，現時只剩下名字帶有記憶，還有腦海中依稀出現的十架 —— 父親是傳道人，我自幼便在一片宗教氛圍裏長大。那時，我從未認真了解山峰上承載了什麼，離開了童年，更未涉足這本已人迹罕至的地方。

我們來到一條村落的邊緣 —— 排頭村。它的歷史定必悠久，面對城市化的巨輪，依舊靜靜延續生活。何曾想過這樣生活的可能？一條小徑，是指引村民回家的路，至於修道院和寺廟，不過是平凡建築。隨着小徑延伸一路行走，我們仍在尋找登山之路。或許是正確的方向，我心想。如果不是，那該前進，還是回頭？我們有權選擇，卻帶着半分疑惑，緩緩向前走着。這時，路上出現一個身影，他背負行囊，提着大小袋子，似已熟悉該走的路，卻不像回家。他走得慢，我們漸漸越過他的步伐，他掃視過來的目光，使我意識到我們都是過路的外來者。

信仰本無絕對，人心亦如是。選擇本身是一種自由。自由是沉默的，隱藏在城市邊緣，並不刻意顯現在人前。只有心中追求、渴望實現自由的人，才會意識到它的存在。路牌上清晰標示着前路，一邊是沿斜坡上山，一邊轉向山腰的另一面。佛寺散發的幽香傳來，連同大地的氣息吐露，靜默無聲。你站在路口等候，我沿着階梯直上，前方的路鋪過水泥，半邊是一條長長的階梯，半邊是角度一致的斜路，顯然是悉心的人工建設。難道這還不是登山的路？於是我喚你跟上，便一起提氣起行。過不多久，我們的影子已湮沒在途人的視野之外了。

沿路看見人們興建的大小房子，籬笆劃分各自的領地，一個個門牌掛在入口前。偶爾傳來人語，遠處有人正在園子內灌溉，又有兩戶人隔遠談天，似乎山路上行進的我們，未有為他們帶來任何騷擾，也成了田野的景致。然而，登山之途總免不了考驗。你忽然拍拍我的胳膊，聲音顯出一點驚慌，我回頭一望，只見一隻流浪小黃狗。小黃毛髮散亂，身上似沾了一層灰，是否要登山尋找食物，或者與同伴會合的呢？還是單單走熟悉不過的路？小黃帶着戒備的姿態在我們身後，似乎想要探明陌生者的意圖，但礙於膽怯，始終漸進又退。你不時停下腳步回頭，和小黃對視，難道怕牠上前給你一個親吻嗎？我心裏想像有趣的畫面。不知是否想超越我們，直奔山上，小黃卻被我轉身的動作，嚇得落荒而逃又不甘心，站在更遠的地方，緊貼我們的背影。我想：或許牠也渴求一個可信任的朋伴。可惜我們沒有溝通的媒介，彼此活在各自的世界。哪一個天空更廣闊，又哪一片雲彩更美？

再上迂迴的山路，木造的扶手肯定前行的方向，仔細看，原來已染上一層歲月磨蝕的痕迹。行走的溫度提示距離，漸漸身處更高的地方，揮散出來的汗水面對清風，時間好像更貼近皮膚。我們一口氣終於走上平緩地勢，面前原來是地盤，幾個工人散坐在高低不同的角落，有坐在泥沙上的樹蔭乘涼，有的緩慢移動繼續工作。這裏正在新建的墓地，不知最後會是誰的歸宿，而死亡又是否意味另一場佔有？我只見山玻上滾落的砂石，很快便沒入山林深處的影子。

終於看到指向山頂的小徑，不久便是古雅的中式建築，石頭鋪成的地面不平但厚重，正是修道的象徵。我們慢步走進院內，在地圖上點出一處前往。我被迷宮的名字吸引，沿路前進，走下十多級石階，是一個半圓的水池，池水靜止，連同灰色的石營造出一片肅穆。我們正要繼續向下探索，一自石池的陰影抬頭，便看到眼下的迷宮。兩列古樹分置左右，包圍着平地，只留中軸一道直線打開出入口。我們再走十多級石階向下行，無法不被眼前的景象凝住。原來是一片普通不過的平地，被鋪上一塊塊橢圓形的石頭，大小幾乎一致，環繞中心形成的幾重路徑 —— 是誰精心設計？就在我們眼底下，已看到迷宮的入口和出口，所謂的迷宮，其實只是讓行走的人在其中，來回往復，走最遠的路。於是，我們把一切放下，獨自踏入這靜思之地。我刻意放慢行走的節奏，一步一步沿着路徑前進，走了十多步，便開始減輕呼吸的力度，讓身體的聲音平靜。此時，我發現我的身影循環出現在圓形內部，由一邊繞至另一邊，又重新以更接近中心的距離行走。微風吹過，樹葉無聲。我諦聽自己的聲音，那是一片靜默，而我在等待。為何如今我身處此地？我從哪裏一路走來，又將往何處走去？依然是一片靜默。

走到迷宮的出口，我重回原來的起點。時間和空氣形成一個整體，地上沒有行走的腳印，我也不知其中走過多少距離。走到旁邊的石椅坐着歇息，你有點累，於是我翻開那名為《失敗》的書，慢讀其中的文字，我們一起聆聽。讀完一篇，你便在我肩上入睡。此時，地上一隻螞蟻經過，徘徊在我們的鞋子旁邊。牠嘗試攀上去，停在原地，兩根觸鬚在轉圈，始終沒有再踏上一步。我也沒有驚動牠了，只見螞蟻小小的軀體回到無邊大地，繼續向前探索。此時，原來你已張開雙眼，望着我注視前方。

或許所有來到此處的人，也曾想自己存在的痕迹。我也這樣想。原來只有記憶停留，然後又離我遠去。再過不多久，我們便沿着原路下山，連同那時的身影，消失在道風山中。

*〈道風山行〉獲「第七屆大學文學獎」散文組優異獎

作者表

邊緣的生存		
姓名	就讀學系	入讀年份
余龍傑	（文學院）中國語言文學系	2007
張曉恩	（視覺藝術院）視覺藝術課程	2009
陳柏榮	（社會科學院）歷史系	2008
黃安政	（文學院）人文及創作系	2011
吳嘉羚	（傳理學院）中文新聞專業	2010
陳子恩	（社會科學院）中國研究課程〔歷史專業〕	2008
陳麗珍	（文學院）中國語言文學系	2010
胡蕙蘭	（傳理學院）公關及廣告專業	2008
陳嘉豪	（文學院）中國語言文學系	2012
李日康	（文學院）中國語言文學系	2010

隱迷的親心		
姓名	就讀學系	入讀年份
黃小娟	（文學院）中國語言文學系	2010
劉善茗	（社會科學院）政治及國際關係學系	2010
黃芊蔚	（文學院）中國語言文學系	2012
楊康琪	（傳理學院）中文新聞專業	2010
黎俊延	（傳理學院）組織傳播專業	2012
譚穎詩	（文學院）中國語言文學系	2007
楊瑞峰	（文學院）人文及創作系	2011
馮美璇	（文學院）中國語言文學系	2008
熊志洪	（理學院）計算機科學系	2010
文於天	（文學院）中國語言文學系	2009
胡冠東	（社會科學院）歷史系	2006

晃蕩的一代		
姓名	就讀學系	入讀年份
林詠珊	（文學院）中國語言文學系	2011
林秋怡	（視覺藝術院）視覺藝術課程	2009
鄭婷	（社會科學院）地理系	2009
布正峯	（理學院）數學系	2004
潘冰婉	（傳理學院）中文新聞專業	2010
王心靈	（文學院）中國語言文學系	2012
歐礎賢	（商學院）市場學系中國商貿學主修	2010
吳遠智	（傳理學院）電影電視專業	2010
黃敏莉	（文學院）宗教及哲學系	2011
黃曦晴	（文學院）英國語言文學系	2010

浮動的世情		
姓名	就讀學系	入讀年份
吳天心	（文學院）中國語言文學系	2012
吳其謙	（文學院）中國語言文學系	2011
朱惠芬	（文學院）宗教及哲學系	2008
姚偉銘	（社會科學院）體育學系體育及康樂管理課程	2009
陳寶玲	（文學院）中國語言文學系	2011
羅維日	（文學院）中國語言文學系	2011
譚敏琪	（文學院）中國語言文學系	2009
王翔	（理學院）應用化學系	2007
陳棣霖	（文學院）翻譯學課程	2008
陳健偉	（社會科學院）中國研究課程〔社會學專業〕	2009
張往	（社會科學院）歷史系	2008

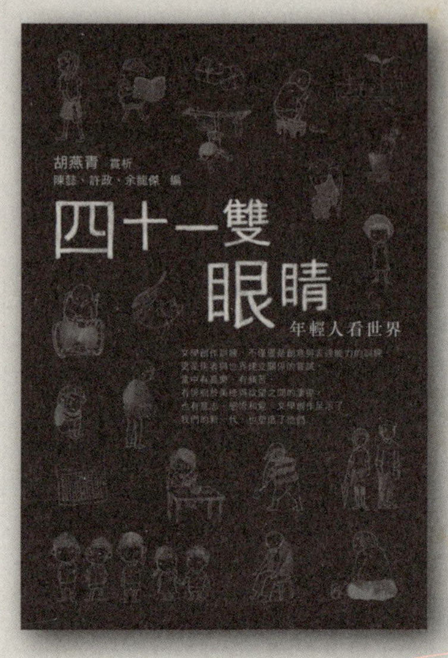

《四十一雙眼睛——年輕人看世界》

作者：**胡燕青、香港浸會大學學生**

胡燕青 評賞　　　**陳懿、許政、余龍傑** 編

文學創作訓練，不僅僅是創意與表達能力的訓練，更是作者與世界建立關係的嘗試，當中有喜樂、有痛苦，有徘徊於美德與欲望之間的淒徨，也有意志、感悟和愛。

這書精選了四十一篇浸大學生的作品，分別放在「成長」、「親情」、「教育」和「人文關懷」四個「園子」內。它們一個比一個闊大，一個比一個開放。這些創作，部分早已達至專業水平，一些曾經發表，一些被翻譯成英語，一些在比賽中獲獎。整體來說，每一篇都可以拿來做青少年文學創作科的教材。

文學創作呈示了我們的新一代，也塑造了他們。